Dree Zitronen

AF215484

Klaus-Peter Asmussen, geboren 1946 in Handewitt im damaligen Landkreis Flensburg, wuchs mit plattdeutscher Muttersprache auf. Nach Abitur am Alten Gymnasium, Flensburg, und sechssemestrigem Englisch- und Pädagogikstudium an der damaligen Pädagogischen Hochschule Flensburg trat er in den Schuldienst ein und war zunächst sechs Jahre lang als Grund- und Hauptschullehrer in Dithmarschen tätig. Ab 1976 arbeitete er als Realschullehrer für Englisch und Dänisch in Tarp, Kreis Schleswig-Flensburg, bis er 2010 in den Ruhestand trat. 2007 veröffentlichte er bei BoD – Books on Demand „Planten un Blomen", ein „Wörterbuch schleswig-holsteinischer Pflanzennamen" (ISBN 978-3-8334-8589-3). Seit 2005 befasst er sich mit dem Übertragen von Märchen unterschiedlichster Provenienz in die plattdeutsche Kultur. Hier legt er sein sechstes Märchenbuch vor mit teilweise recht ungewöhnlichen Geschichten aus vierzehn verschiedenen Ländern zwischen Norwegen und Tunesien (zwei jüdische Märchen), zwischen Island und Rumänien (Siebenbürgen). Klaus-Peter Asmussen wohnt heute in seinem Geburtshaus in Langberg, Gemeinde Handewitt.

Klaus-Peter Asmussen

Dree Zitronen

un anner Märkens,
nü vertellt up Sleswigsche Geestplatt

Märkens up Platt # 6

© 2018 Klaus-Peter Asmussen
Herstellung und Verlag:
BoD – Books on Demand, Norderstedt
ISBN 9783746074665

Wat in düt Book in steiht

Dree Zitronen

Dar sünd mal dree Bröder we'n, de se's Vadder un Mudder sünd dootbleven. Nu hebben de se rein gar nix t'rügglaten, 'nem se vun leven koenen, un so moeten se rut in'e Welt un se's Glück söken. De beide öllste Bröder maken sik praat, so guut as se koenen, man de jüngste – em hebben se Kienhans nennt, de hett ümmer up'e Heerd seten un hett Kienspöön snittjert –, em woe'n se nich mithebben. Vör Dau un Dag trecken se los, man so dull se sik uck streven, Kienhans is jüst so tiedig an'e Königshoff as se.

As se dar henkamen, fragen se um en Deenst. De König seggt, he hett eegentlich keen Arbeit för se, man so arm as se sünd, do will he se doch man wat to doon geven, an so'n grote Hoff gifft dat ja ümmer en Barg to doon. Se koenen ja man Nageln in'e Wand kloppen, seggt he, un wenn se dar klaar mit sünd, denn koenen se se wedder ruttrecken. Wenn se dar ferdig mit sünd, schoe'n se Holt un Water na Koek bringen. Kienhans hett sin Nageln an gauesten in'e Wand haut un hett se uck an gauesten wedder ruttrocken, un Holt un Water hett he uck fix dragen. Un do warrn de Bröder afgünstig un vertellen, he hett seggt, he kann de König de smuckste Prinzessin rankriegen, de dat in twölf Königrieken geven deit. De König is ja sin Fruu dootbleven, he is Wittmann. Un as de dat nu hören deit, do seggt he to Kienhans, he schall dat doon, 'nem he vun pucht hett, anners kümmt he up'e Haublock un kriggt de Kopp af.

Kienhans seggt, he hett dat nich seggt un nichmal dacht, man wo de König so streng is, do mutt he dat sachs versöken. Un so nimmt he en Rucksack vull Eten mit un treckt afste'. Man he is noch nich wied in't Holt rinkamen, do kriggt he Hunger un will de Mundvörraat probeern, de se em vun'e Königshoff mitgeven hebben. He sett sik ruhig un kommodig dal ünner en Dannenboom blangen de Weg, do kümmt dar en Oolsch anhumpelt un fraagt, wat he dar in sin Rucksack hett. Fleesch un Speck, seggt he, un wenn se hungerig is, denn so schall se man rankamen, se kann wat afkriegen. Se seggt em velen Dank, itt sik satt un seggt, se will em sachs mal wedder en Deenst doon, un denn humpelt se wieder in't Holt rin. As Kienhans denn uck düchtig satt is, kriggt he sik wedder de Rucksack up'e Puckel un geiht wieder. Man he is noch nich wied kamen, do finnt he en Fleut. De is ja fein un hebben, denkt he, denn kann he sik ja ünnerwegens wat fleuten, un dat duert nich lang, do hett he uck al en Ton rutkregen. Man do wimmelt dat dar upmal mit Lütte Lüüd, un se fragen all dör'nanner, wat se's Herr för'n Befehlen för se hett.

Kienhans seggt, he weet dar nix vun, dat he se's Herr is, man wenn he se wat heeten schall, denn so schoe'n se em de smuckste Prinzessin herkriegen, de dat in twölf Königrieken geven deit. Dar is ja wieder nix bi, seggen de Lütte Lüüd. Se weeten woll, wonem de is, un de Weg koenen se em wiesen, denn kann he man hengahn un ehr sülven halen, denn ehr anfaten, dar hebben se, de Lütte Lüüd, keen Macht to.

Se wiesen em de Weg, un he kümmt dar guut un gau hen. Dar is keeneen, de em verdwass kümmt. Dat is en Ries sin Slott, un dar sitten dree smucke Prinzessinnen in. Man as Kienhans rinkamen deit, do warrn se richtig tumpig un rennen dör'nanner as Lämmer, wenn de Wulf kümmt, un toletzt verwanneln se sik in dree Zitronen, de liggen denn dar up'e Finsterbank. Kienhans is dar heel vertwiefelt un unglücklich oever, un he weet gar nich, wat he nu maken schall. Man denn denkt he en beten na, kriggt sik de dree Zitronen her un stickt se in'e Tasch. He denkt, he ward sik dar woll to freuen, wenn he up'e Reis Dörst kriggt, denn he hett mal hört, Zitronen sünd suer.

He is en Stück gahn, do ward he sweeten, un he kriggt Dörst. Water is keen Stä' to finnen, un he weet nich, wat he anstellen schall för un löschen sin Dörst. Do ward he an de Zitronen denken, un he nimmt een un bitt dar rin. Man dar sitt de Prinzessin in un is to sehn bet an'e Arms, un se röppt: „Water! Water!" Wenn se keen Water kriggt, seggt se, denn so blifft se doot. De Bengel rennt hier hen un dar hen un söcht na Water as unklook. Man Water is dar nich un kümmt dar nich, un as he wedder henkümmt, do is se al doot.

He is noch en Stück gahn, do sweetet he noch duller un kriggt noch vel mehr Dörst, un as he nix to drinken finnen deit, do nimmt he de tweete Zitroon un bitt dar rin. Do kickt dar uck en Prinzessin rut bet an'e Schullern, un de is noch vel smucker as de eerste. Se schriet na Water un seggt, wenn se keen Water kriggt, denn mutt se foorts dootblieven. Kienhans rennt hierhen un darhen un söcht ünner Steens un ünner Moss, man Water finnt he nich, un do blifft de dare Prinzessin uck doot.

Kienhans dücht, dat ward ümmer leeger, un dar hett he recht mit, denn jo wieder he kümmt, jo hitter ward dat. De Gegend is so soor un utdröögt, dar is nich een Drüpp Water to finnen, un he is al meist halvdoot vör Dörst. Lange Tied will he de letzte Zitroon nich anbieten, man toletzt blifft em nix anners na. As he dar rinbeten hett, kickt dar uck en Prinzessin rut. Se is de Smuckste in twölf Königrieken, un se röppt, wenn se keen Water kriggt, denn so mutt se foorts dootblieven. Kienhans rennt un söcht na Water, un dütmal bemött he de König sin Möller, de wiest em de Weg na de Moehlendiek. As he denn mit ehr na de Diek kümmt un ehr Water geven hett, do kümmt se ganz rut ut'e Zitron, man do hett se gar nix an. Kienhans mutt ehr sin Kittel lehnen. De treckt se an un verstickt sik up en Boom, wieldes he na de Königshoff geiht, dat he wat Tüüg för ehr haalt un de König vertellt, he hett ehr funnen, un wodennig dat allens togahn is.

Wieldes kümmt de Koeksch dal na de Diek un will Water halen. As se dat smucke Gesicht süht, wat sik dar in'e Diek speegeln deit, do meent se, dat is se sülven, un se freut sik so dull, se kümmt bi un danzt un springt, dat se so smuck wurrn is. Do schall doch de Düvel Water halen, seggt se, se is dar doch vel to smuck to, un se smitt de Waterammern weg. Man do markt se upmal, dat Gesicht in'e Diek hört de Prinzessin to, de dar up'e Boom sitten deit. Do ward se so splitterndull, se ritt ehr dal vun'e Boom un smitt ehr rin in'e Diek. Un se sülven treckt Kienhans sin Kittel an un klarrt rup up'e Boom.

As de König kümmt un süht de grimmige[1] swatte Koeksch, do ward he root un denn wedder blass, man as he hört, se schall de Smuckste in twölf Königrieken we'n, do mutt he ja gloven, dar is wat an, un em dücht uck, dat weer ungerecht gegen Kienhans, wo de sovel Ackewars hatt hett un finnen ehr. Vellicht

---

[1] hässlich

ward se ja mit de Tied beter utseh'n, denkt he, wenn 'n ehr en beten upputzen deit un ehr smucke Tüüg antreckt, un do nimmt he ehr mit na Huus. Denn schicken se na Prükenmakers un Neihdeerns, un se ward rutputzt un antrocken as en Prinzessin, man wat se ehr uck waschen un putzen, se is swatt un grimmig, un dat blifft se uck.

Na en Tied mutt de Ünnerkoeksch na de Diek un Water halen, do fangt se en grote sülverne Fisch in ehr Bütt. Se driggt 'n rup un wiest 'n de König, un em dücht 'n unbannig smuck. Man de grimmige Prinzessin seggt, dat is Hexenwark, un se schoe'n 'n verbrennen; se hett ja foorts markt, wat dat för'n Fisch is. Do verbrennen se de Fisch, un de neegste Morrn finnen se dar in'e Asch en Klump Sülver. Do kümmt de Koeksch rup un vertellt dat de König, un em dücht dat heel gediegen. Man de Prinzessin seggt, dat is dat reine Hexenwark, un se schoe'n dat vergraven up'e Misspaal. De König will dat nich hebben, man se lett em nich Ruh un nich Freden, un toletzt seggt he, se schoe'n dat man doon. Man de neegste Dag steiht dar en smucke Linnenboom, 'nem se de Sülverklump ingraavt hebben, un de Linn hett Bläder, de blenkern as Sülver. As se dat de König vertellen, do kümmt em dat gediegen vör. Man de Prinzessin seggt, dat is nix as Hexenwark, un se schoe'n de Linn foorts dalhaun. De König will dat partuh nich hebben, man de Prinzessin triffeleert em so lang', bet he toletzt uck hier nagifft.

As de Deerns rutgahn un woe'n wecke Spöön halen vun de Linn to Füeranböten, do is dat dat reine Sülver. Dat bruken se de König oder de Prinzessin gar nich vertellen, seggt een vun se, de wurrn dat doch blots verbrennen un insmölten laten. Se woe'n dat man leever in se's Schappen uphegen, seggt se. Dat kann guut we'n un hebben, wenn mal een kümmt un will se heiraden. Ja, dat is se all recht, man as se dat en Tied dragen hebben, do ward dat so unbannig swaar. Do woe'n se mal nakieken, 'nem dat vun kamen deit, un do is ut de Spöön en lütte Kind wurrn, un dat duert nich lang', do is dat de smuckste Prinzessin, de 'n jichens sehn hett. De Deerns marken nu ja, dar is wat nich richtig. Se geven ehr wat Tüüg, un denn rennen se weg un kriegen faat up de Bengel, de de smuckste Prinzessin in twölf Königrieken hett halen schullt, un vertellen em dat. Un as Kienhans kümmt, do vertellt de Prinzessin em, wodennig allens passeert is, dat de Koeksch ehr hett dalreten in'e Diek un dat se de sülverne Fisch we'n is un de Sülverklump un de Spöön un dat se de rechte Prinzessin is. An de König koenen se nich so licht ankamen, de grimmige swatte Koeksch is vun fröh bet laat um em rum. Man toletzt kamen se dar up un vertellen em, de Naverkönig hett em de Krieg erklärt, un dar kriegen se em rut mit. As he de smucke Prinzessin wies ward, do hett he ehr foorts so leev, he will up'e Stä' Hochtied maken mit ehr. Un as he to hören kriggt, wo leeg de grimmige swatte Koeksch an ehr hannelt hett, do seggt he, se schoen ehr in en Nageltunn setten un rumtrulern. Denn maken se Hochtied, dat se dat in twölf Königrieken hören un marken.

De Bäckerlehrjung un de verhexte Beker

För gewöhlich is in en Fatt ja nix anners in, as wat 'n dar ringöten deit. Man dat gifft verhexte Bekers, dar is ganz wat anners in. So'n Beker hett mal en arme Bäckerlehrjung funnen. Elkeen Nacht hett he Deeg kned't un Bröde backt, un an'e Morrn hett he se to Markt bröcht. Mal, as he ünnerwegens is to Markt, do finnt he en gollne Beker. He kriggt 'n up un stickt 'n in'e Tasch, un denn verköfft he sin Bröde, as em dat heeten is. Man dat Geld för de Bröde, wat he ja eegens an sin Meister aflevern schall, dat behollt he un köfft sik dar en Buddel Koem för. He denkt, eenmal will he Ruten ut spelen as en rieke Mann.

As he na Huus kamen deit, do sett he sik to Disch, haalt de Beker ut'e Tasch un will sik en Koem inschenken. Man knapp hett he de eerste Drüpp inschenkt, do kloetern dar Goldstücken rut ut'e Beker. Nich lang', un de heele Disch is vull mit Goldstücken. Do verfehrt de Bäckerjung sik. He sett de Buddel dal un kickt nadenkern dat Geld an.

De neegste Dag geiht he wedder in'e Backstuuv. Man de Bäcker is dull up em, dat he em sin Geld nich aflevert hett, un do smitt he em foorts rut. De Lehrjung geiht na Huus un will sin Kummer mit en Sluck Koem dalspölen. He geiht bi un schenken sik een in, un wedder kümmt dar en Barg Goldstücken ut'e Beker rut. Do sammelt he dat Geld in un köfft sik dar en grote Slott vun liek blangen dat Slott vun de König. Dar sitt he denn vör de Dör un spelt feine Stücken up'e Fleut.

Mal kümmt de Königsdochter ehr Deenstdeern vör de Dör, se schall de Schietammer leddig maken, un do hört se de Musik vun de Bäckerjung sin Fleut. Dat gefallt ehr, un so blifft se en ganze Tied stahn un hört to. As se wedder rinkümmt, do schimpt de Königsdochter ehr ut, dat se sik so lang upholen hett. Do seggt de Deern to ehr, wenn se harr se's Naver up'e Fleut spelen hört, denn so weer se dar uck lang stahn bleven.

Do denkt de Königsdochter bi sik, dar will se mehr vun weeten, un do geiht se mal bi Nacht rut, stellt sik bi de Fleutenspeler sin Huus hen un hört to, wo he spelt. Un vun de dare Musik ward se rein as behext un blifft dar en ganze Tied buten stahn.

De neegste Dag schickt de Königsdochter ehr Deern roever na ehr Naver, he schall doch man mal henkamen na ehr un ehr wat vörspelen. De Jung kümmt nu an mit sin Fleut, un de Königsdochter sett em wat vör to eten un to drinken. Do fraagt he um Verlööv, he will geern ut sin eegne Beker drinken. Un as he sik denn en beten Wien inschenkt, do fangt de Beker an un smitt Goldstücken rut.

De Königsdochter, de verfehrt sik nu ja, se meent, ehr Naver mutt ja woll en Hexenmeister we'n. Un se fraagt em, um noch anner Hexenkünst kennen deit. Nee, seggt he, he is keen Hexenmeister. He hett nix as de dare Beker, de hett he mal funnen up'e Straat.

Do seggt de Königsdochter, he schall ehr de Beker doch man schenken. Man he seggt, de dare Beker schenkt he blots de, de sin Fruu warrn will. Nee, seggt de Königsdochter, dat se hett nich vör, un heiraden em. Na, seggt he, denn nich, un he steiht up un will gahn. Do seggt se, he schall doch man noch

blieven un wat mit ehr drinken. Do blifft he denn dar
un maakt een Glas na dat anner leeddig, man dat is
he wennt, un sodennig ward he nich duun. Aver dat
duert nich lang', un de Königsdochter ward doesig
in'e Kopp. Se fallt em in'e Arms un strüüvt sik uck
nich un gahn mit em to Bett. An'e neegste Morrn
glitt de Bäckerjung sik af, packt sin Backsbern toho-
pen un fahrt na en anner Stadt.

Dat duert nich lang', do markt de Königsdochter, se
schall wat Lüttes hebben. Do verfehrt se sik bannig
un will sik al sülven um'e Eck bringen, man dar hett
se denn doch nich de Kraasch to. Se weet sik gar
keen Raat, wat se nu maken schall. Toletzt ward ehr
Mudder dat ja wies, un vun ehr kriggt ehr Vadder,
de König, dat to weeten. Do ward he rein dull in'e
Kopp un geiht bi un will ehr afmurksen, man de
Königin seggt, he schall ehr doch man an't Leven
laten. Do seggt he, wenn dat Kind dar is, denn schall
se rut ut't Huus. As ehr Tied dar is, kriggt se denn
en nüdliche lütte Jung, man de König will em nich
mal ankieken, he jaagt sin Dochter ut't Huus in dat
Tüüg, wat se up't Liev hett. Do biestert de Königs-
dochter rum, un toletzt kümmt se in en Holt togang'
un is ganz af. Dar sett se sik dal up en Stubben un
ward ganz dull blarrn.

De Bäckerlehrjung is wieldes ja wegtrocken na en
anner Stadt. Dar hett he sik en Herrenhoff köfft mit
en Perdetucht, un he verdrifft sik de Tied mit Rieden
un Jagen. Mal is he wedder in't Holt up'e Jagd, do
ward he en junge Fruu wies, de hett en lütte Gör
up'e Schoot un is fix un ferdig, as dat lett. He kriggt
en Buddel Wien ut sin Sadeltasch un gifft ehr dar
wat vun in. Do maakt se de Ogen up un ward ehr

Naver vun vördem kennen. Do fallt se em um'e Hals un röppt, he is ehr Mann, un dat dare Kind is se's.

De Mann nimmt sin Fruu un sin Soehn mit na Huus, un denn heiraad't he de Fruu, so as sik dat hören deit. Un denn leven se glücklich un tofreden tohopen, helpen de Armen un geven rieklich Almissen.

Gau is dat rum in't heele Land, in de un de Stadt is en rieke Mann, de helpt de arme Lüüd. Upletzt kümmt dat uck de König to Ohren. Do nimmt he sik vör, de dare Mann will he mal besöken. He treckt sin Königstüüg ut, treckt gewöhnliche Kledaasch an un reist hen na de Stadt, 'nem de friegevsche Mann wahnen deit. As he dar ankümmt, geiht he eerstmal in en Kroog, he will wat drinken. Tofällig is de dare Mann uck dar, un de König ward wies, wo he Geld weggeven deit na alle Kanten. Do fangt de König en Snack an mit em un laad't em in in sin Huus. Do seggt de Mann, eerst schall de anner so guut we'n un besöken em to en Festeten an sin eerste Hochtiedsdag. Dar is de König mit inverstahn un seggt em to, he will kamen.

As de Dag denn dar is, seggt de Mann to sin Fruu, se schall sik verkleeden as Mannsminsch, un se deit dat. As de König un de Königin denn kamen, warrn se ja mit grote Ehren willkamen heeten. De Huusweert un sin Fruu – se is ja verkleed't as Mann – de gahn de beiden an'e Dör in'e Mööt, un de Mann verklaart de König, de anner dar blangen em, dat is sin Fründ un een, de he vertruun deit.

Denn sitten se all an'e Disch un neihn sik dat feinste Eten un de beste Wien to Bost un snacken vun Hühn un Perdühn. Un as se denn vun de Wien al en beten benusselt sünd, do kriggt de Weert sin gollne Beker rut un deit dar en beten Wien rin. He hett man knapp en paar Drüppen inschenkt, do wöltern dar ut de Beker bargenwies Goldstücken rut un blinkern un blitzen in dat Licht vun all de Lampen. De König is ja heel un deel verbaast, un he fraagt sin Gastgever, wat dat mit de dare Beker up sik hett. Ja, seggt he, de dare Beker spiggt Goldstücken ut, un dar is he so riek vun. He hett 'n arvt vun sin Vöröllern, seggt he. Do seggt de König, he will 'n hebben. He schall vun em verlangen, wat he will, seggt he, he schall dat hebben. Do seggt de Gastgever, he schall sin Fruu, de Königin, Verlööv geven un we'n mit sin junge Fründ, de dar blangen em sitten deit, up en lütte Stunn alleen in de Kamer blangenan.

De König jumpt tohööcht, as harr em en Slang beten. He kriggt sin Swert rut un will de freche Keerl to Kleed, man de seggt ganz ruhig, he dwingt em ja nich un doon dat, un darum schall he man nich dull we'n. Man up en anner Aart kriggt he de Beker nich, he gifft 'n nich her, um keen Schatz in'e Welt.

As de König dat hören deit, do is sin Lengen na de Beker doch grötter, un he kümmt bi un flustert mit sin Fruu. Toletzt sünd se denn inverstahn mit de Bedingen. De Königin steiht up un geiht mit de junge Mann, de Gastgever sin Fründ, as he seggt hett, in en anner Kamer.

As se denn alleen sünd, do gifft de Königsdochter sik ja ehr Mudder to erkennen. Mit Lachen un Weenen fallen se sik um'e Hals. De König kennt se's Stimmen un sitt an sin Platz, as wenn he ut Steen weer. Dat is de Straaf, dat he so hart we'n is gegen sin Dochter.

Toletzt kamen Mudder un Dochter Arm in Arm ut de Kamer un wiesen sik de Gäst. Nu versteiht de König, wat dar passeert is. He gifft sin Dochter sin Segen to ehr Hochtied un nimmt de Bäckerjung an as Swiegersoehn, un all leven se in Glück un Riekdom bet an se's Enne. Dat is de Geschicht vun'e Bäckerlehrjung un sin verhexte Beker.

De Halve

Dar is mal en Fruu we'n, de hett gar keen Kinner
hatt. Dar is se so trurig um we'n, toletzt hett se de
leeve Gott beden, dat he ehr en Kind schenkt, un
wenn't uck man en halve is. Do kriggt se würklich en
Jung mit en halve Kopp, en halve Näs, en halve
Mund, en halve Rump, een Hand un een Foot. Wo he
so wanschapen is, behollt se em ümmer to Huus un
schickt em nich up Arbeit. Man upletzt ward em dat
to langwielig, un do seggt he to sin Mudder, he mag
nich mehr to Huus blieven, se schall em en Biel ge-
ven un en Esel, he will to Holts un halen Brennholt.
Do seggt se, wodennig he Stackel denn woll Holt
hau'n will, he is ja man en halve Minsch. Man he
blifft bi un triffeleert, do gifft se em upletzt en Biel
un en Esel. Dar geiht he to Holts mit, haut Holt un
bringt dat na Huus. Dat maakt he ganz guut, un do
lett sin Mudder em.

Mal geiht he wedder to Holts, do kümmt he an de
Königsdochter ehr Slott vörbi. As se em mit een Foot
un een Arm up sin Esel sitten süht, do lacht se sik
meist en Kringel an'e Buuk, un se röppt ehr Deerns,
se schoe'n sik de dare Halve mal ankieken. As de em
to sehn kriegen, do woe'n se sik meist dootlachen.
Dar is de Halve so verdattert oever, em fallt dat Biel
dal an'e Grund. Do denkt he en Stoot na, he weet
nich, schall he afstiegen un dat upkriegen, oder
schall he nich afstiegen? Man denn stiggt he doch
nich af, he lett Biel Biel we'n un ritt wieder. Do seggt
de Prinzessin to ehr Deerns, se schoe'n sik doch blots
mal de dare Halve ankieken, de lett sin Biel fallen
un stiggt nich mal dal un kriegen dat wedder up.
Dar is de Halve noch duller verdattert oever, un do
lett he uck noch sin Tau fallen. Do denkt he wedder

en Stoot na un weet nich, schall he afstiegen un dat Tau upkriegen, oder schall he nich afstiegen? Man denn ritt he sin Weg un lett uck dat Tau liggen. Do röppt de Prinzessin ehr Deerns to, se schoe'n sik doch blots mal de dare Halve ankieken, de lett sin Biel un sin Tau fallen un stiggt nich af un kriegen dat wedder up!

Man de Halve ritt wieder na sin Holtplatz, un he oeverleggt, mit wat he nu Holt hau'n schall, un mit wat he dat nu tohopenbinnen schall. Nu is dar en See dicht bi. Un as he dar in sin Gedanken so in't Water gluupt, do süht he dar dicht an't Över en Fisch swümmen. Do smitt he dar gau sin ruge Mantel oever un dar fangt he 'n mit. Do seggt de Fisch, he schall 'n doch man an't Leven laten un 'n wedder in't Water smieten. Denn will 'n em en Kunst lehren, seggt 'n, wenn he de kann, denn so kümmt allens so, as he dat hebben will.

Do seggt de Halve, denn schall de Fisch em eerstmal de Esel mit Holt beladen, dat he sehn kann, um dat uck wahr is, wat 'n seggt. Un de Fisch seggt, bi dat eerste Woort vun Gott un dat tweete vun de Fisch, de Esel schall mit Holt beladen we'n. Un kiek, de Fisch hett noch nich mal utsnackt, do hett de Esel dat Holt al up'e Rügg. Do seggt de Halve to de Fisch, wenn 'n em de dare Kunst lehrt, denn so will he 'n frielaten. Un de Fisch seggt, wenn he hebben will, dat dar düt oder dat passeert, denn so mutt he blots seggen: „Bi dat eerste Woort vun Gott un dat tweete vun de Fisch, dat un dat schall passeern." Un wat he denn wünscht hett, dat passeert. Do lett de Halve de Fisch frie, nimmt sin Esel mit dat Holt an'e Hand un treckt wedder an de Königsdochter ehr Slott vörbi.

20

As de Prinzessin em wies ward, röppt se na ehr
Deerns, se schoe'n gau kamen un sik de Halve ankie-
ken, wo he dar ankümmt un hett sin Esel beladen
ahn Biel un ahn Tau. Un denn kriegen se dat La-
chen, bet se nich mehr koenen. Dar argert de Halve
sik sodennig oever, he seggt, bi dat eerste Woort vun
Gott un dat tweete vun'e Fisch, de Prinzessin schall
en Kind in'e Buuk hebben. Un as ehr Tied um is, do
kriggt se en lütte Jung, man keeneen weet, wokeen
de Vadder is. Do kriggt ehr Vadder ehr vör't Brett un
will ehr utfragen. Man se seggt ümmer blots, nich
mal snackt hett se mit en Mann, un se weet nich,
wonem se dat Kind vun kregen hett.

As de Jung wat grötter wurrn is, do lett de König all
de Mannslüüd na sin Königsstadt kamen, un as se
all up een Hupen sünd, do gifft he de Jung en Appel
un seggt, he schall hengahn un sin Vadder de Appel
geven. As de Lütte nu rumlöppt un spelt mit de Ap-
pel, do fallt 'n dal un trulert weg, un as he achterran
löppt, do kümmt he na de Eck, 'nem de Halve steiht,
un vör em blifft de Appel liggen. De Jung böögt sik
dal un will de Appel faat nehmen, un as he wedder
tohööchtkieken deit, do ward he de Halve wies un
seggt to em: „Dar, Papa, nimm de Appel!"

As de Lüüd dat hören, do kriegen se de Halve faat un
bringen em na de König. Un de König seggt, wenn de
Halve dat daan hett, denn moeten se all tohopen
dootmaakt warrn, he, de Prinzessin un dat Kind.

Nee, seggen sin Raatslüüd, dat is nich recht. De
Prinzessin is sin Dochter, un sin eegne Bloot dörv he
nich vergöten. He schall man en Tunn vun Iesen ma-
ken laten, un dar schall he de Prinzessin, de Halve
un dat Kind rinsetten un se in de See smieten, un se

21

schoe'n nix mitkriegen as en Tuut mit dröögte Plummen för dat Kind, dat dat nich gar to gau dootblieven deit.

De dare Raatslag gefallt de König. Un do lett he so'n Tunn maken, de dree dar rinsetten un in de See smieten. As se dar nu so tohopen in de Tunn sitten, do seggt de Prinzessin to de Halve, se hett em noch nie nich sehn, wodennig dat denn angahn kann, dat se nu dar tohopen sünd. Se schall em en Plumm geven, seggt de Halve, denn will he ehr dat seggen. Do gifft se em en Plumm vun de, de se för dat Kind mitkregen hett. As he de upeten hett, seggt de Halve, um se sik dar up besinnen kann, he is mal an ehr Slott vörbikamen, un do is em dat Biel un dat Tau dalfullen, un se hett em utlacht. Ja, seggt se, dar kann se sik up besinnen. Na, seggt he, he kennt en Sproek, wenn he de seggen deit, denn passeert allens, wat he will. De dare Sproek hett he do seggt, seggt he, un hett wünscht, se schull en Kind in'e Buuk hebben, un sodennig hett se en Kind kregen.

Do seggt de Prinzessin, wenn he so'n Sproek weeten deit, dat allens passeert, wat he seggt, denn so schall he 'n doch nu seggen, dat se doch man ut de Tunn rut un an Land kamen. De Halve seggt, se schall em en Plumm geven, denn will he 'n seggen. Do gifft de Prinzessin em en Plumm, un as he de upeten hett, seggt he liesen bi sik, bi dat eerste Woort vun Gott un dat tweete vun de Fisch, de Tunn schall an Land swümmen un upgahn, dat se dar rutstiegen koenen. Foorts löppt de Tunn up Strand, geiht up, un se stiegen ut. As se rut sünd, fangt dat an un regent. Do seggt de Prinzessin to de Halve, he schall doch sin Sproek upseggen, dat se en Dack oever de Kopp kriegen un nich natt warrn. Un de Halve seggt, se schall em en Plumm geven, denn so will he 'n seggen. Do gifft de Prinzessin em de Plumm, un he seggt liesen bi sik, bi dat eerste Woort vun Gott un dat tweete vun de Fisch, dar schall en Dack we'n för se. Un foorts is dar een, un se setten sik dar ünner.

Do seggt de Prinzessin wedder to de Halve, bet nu hett he sin Saak guut maakt, man nu schall he sin Sproek seggen, dat se en feine, grote Slott kriegen, un de Steens, Balkens un allens, wat dar in is, dat schall allens snacken koenen. Un de Halve seggt, se schall em en Plumm geven, denn so will he 'n seggen. Do gifft se em noch en Plumm, un as he de upeten hett, seggt he liesen bi sik, bi dat eerste Woort vun Gott un dat tweete vun de Fisch, dar schall en Slott upstahn, un de Steens, Balkens un allens, wat dar in is, schall snacken koenen. Foorts steiht dar en grote Slott, 'nem allens an snacken deit, un se gahn dar rin un wahnen dar, un de Halve schafft allens ran, wat nödig is un wat de Prinzessin sik wünschen deit.

Mal geiht de König up'e Jagd, un do ward he vun wieden dat Slott wies. Dat hett he ja noch nie nich sehn, un do ward he nieschierig, wokeen dat woll to-hören mag. Do schickt he denn twee vun sin Deeners hen. He gifft se twee Repphöhner mit, un seggt, se schoe'n na dat dare Slott gahn un de Repphöhner dar braden, un denn schoe'n se mal kieken, wat dat för'n Slott is. He is dar al faken up Jagd we'n, seggt he, man dat dare Slott is he noch nie nich wies wurrn.

De Deeners nehmen de Repphöhner un gahn hen na dat dare Slott. Un as se dar ankamen, do fraagt dat Door se, wat se dar woe'n. Do seggen se, de König hett se schickt, se schoe'n dar en paar Repphöhner braden. Man dat Door seggt, se schoe'n dar stahn blieven, se moeten eerst de Fruu fragen. Do seggt dat Door dat to de eerste Binnerdör, de seggt dat to de tweete, de to de drütte, un sodennig wieder vun Dör to Dör, bet de Fraag an de Fruu kümmt. De seggt, se schoe'n de Lüüd rinlaten, un foorts gahn all de Dören vun sülven up un laten de Deeners rin. De wunnern sik bannig, as se hören, sogar de Steens un Balkens heeten se willkamen. Denn gahn se na Koek, un as dar de eene to de anner seggt, wonem se woll Holt finnen, do ropen de Klaven: „Hier sünd wi!" Un as se dar an denken warrn, dat se nich Solt un nich Bodder hebben, do ropen Solt un Bodder: „Hier sünd wi!"

As se nu de Repphöhner t'rechtmaakt, up en Spitt staken un an't Füer stellt hebben, do woe'n se sik en beten um'e Koek rum umkieken un mal sehn, um dar noch mehr Saken sünd, de snacken koenen. Man se finnen so vel un blieven so lang' rut ut'e Koek, as se sik dar wedder up besinnen, sünd de Repphöhner se to Koehl verbrennt. Tjä, wat nu? Wodennig schoe'n se dat de König verklaren, dat se em hebben de Repphöhner verbrennt? Toletzt warrn se sik denn eenig, se woe'n liek hengahn na de König un em vertellen, wat se dar sehn hebben.

De König will dat ja nich gloven, un do schickt he anner Deeners hen. Man de geiht et jüst so as de eersten, un as de König hört, se seggen jüst datsülve as de annern, do maakt he sik sülven up'e Weg, he will sik dar mit eegne Ogen un Ohren vun oevertügen.

As he an't Door kümmt, seggt dat to em: „Willkamen, Herr König!" Un as he ringeiht, do begröten em all de Steens un Balkens jüst so. De König wunnert sik ja nich wenig, dat Holt un Steens hier snacken koenen.

As de Prinzessin to hören kriggt, de König sülven is kamen, do geiht se em in'e Mööt un heet em willkamen. Se bringt em rin na ehr Staatsstuven, man se gifft sik nich to erkennen, un de König wunnert sik bannig, wo vörnehm se sik upföhrt un wo fein se snackt.

Wieldes woe'n de Deeners in'e Koek de Repphöhner braden, de hett de König mitbröcht. Man dat geiht se nich anners as de anner Deeners: Vör luder Verwunnern oever dat, wat se dar sehn un hören, laten se de Repphöhner to Koehl verbrennen.

As de König dat mellt ward, do ward he splitterndull, denn he is bannig hungerig, un nu hett he nix to eten. Man de Prinzessin seggt, wenn em dat nich to ring is, denn so kann he geern in se's armselige Huus to'n Eten blieven. Dat nimmt de König an, un do geiht se los un söcht eerstmal de Halve, de hett sik verkrapen vör de König. Un to em seggt se, se hett de König to'n Eten inladen. Nu schall he sin Sproek seggen un en grote Festeten kamen laten mit de nödige Deeners, Muskanten un Dänzers un allens, wat dar to hören deit. Do seggt de Halve, se schall em en Plumm geven, denn will he 'n seggen. Do gifft de Prinzessin em en Plumm. As he de up hett, seggt he sin Sproek, so as de Prinzessin dat wullt hett, un foorts is dar en grote Festeten mit allens, wat darto hören deit.

De Prinzessin sett sik mit de König un sin Deeners dal to eten, do fangen de Muskanten an un spelen, un se spelen so smuck, de König is heel verbaast un seggt, he is ja en König, man so'n smucke Musik hett he doch nich in sin Slott. Denn fangen de Danzdeerns an un danzen, un se danzen so smuck, de

25

König mutt ingestahn, he is ja en König, man so'n Danzdeerns hett he nich in sin Slott. Wo se de doch her hett, will he weeten. Un de Prinzessin antert, de hett ehr Vadder ehr verarvt. Denn geiht de Prinzessin hen na de Halve un seggt to em, he schall sin Sproek nochmal seggen, dat sik en Lepel in de König sin Stevel versteken deit. Un de Halve seggt, se schall em en Plumm geven, denn will he 'n seggen. Do gifft de Prinzessin em en Plumm, un he seggt sin Sproek, so as se dat wullt hett, un foorts verstickt sik een Lepel in'e König sin Stevel.

As de König nu adjüs seggen will, do seggt de Prinzessin, he schall mal en Ogenblick töven, se gloovt, ehr fehlt wat. Do ward de König gnadderig un seggt, dat kann gar nich angahn, so'n Lüüd sünd se nich. Man de Prinzessin lett sik nich besnacken un röppt na de Schötteln, um se all dar sünd. Ja, seggen de Schötteln. Um de Tellern all dar sünd? Ja, ropen se. Um de Lepeln all dar sünd? Do röppt de eene Lepel, dat 'n in'e König sin Stevel steken deit.

Do ward de Prinzessin de König düchtig de Maag reinmaken un seggt, se hett em in ehr Huus upnahmen, hett för em en grote Festeten updrägen laten un em all moegliche Ehren andaan, un denn nimmt he en Lepel mit! He schall sik wat schamen, seggt se. Man de König röppt, dat kann nich angahn, jichens een hett em de Lepel in'e Stevel staken. Se deit em grote Unrecht, seggt he.

Süh, seggt de Prinzessin, jüst so'n Unrecht hett he ehr uck andaan un hett ehr mit de Halve in de Tunn sett, un se hett gar nix daan hatt. Do weet de König lange Tied vör Verwunnern nix to seggen. Man de

Prinzessin haalt de Halve vör em, un de vertellt em allens, wodennig dat togahn is.

De König wunnert sik bannig oever dat, wat he do to hören kriggt. He nimmt sin Dochter mit an sin Hoff un verheirat't ehr mit een vun sin Ministers. Un de Halve maakt he to sin boeverste Deener un gifft em sin smuckste Hoffdaam to Fruu.

Peter Oss

Dar is mal en Buer we'n un sin Fruu, de hebben en richtig feine Buernhoff hatt, man blots keen Kinner. So sitten se faken bi'nanner un klagen dar oever, dat se so gar keen Fründschop hebben, de se mal all se's Kraam nalaten koenen. Mit de Tied warrn se heel rieke Lüüd – man dar is keeneen, de mal all se's Geld arven schall!

Do schafft de Mann sik mal en smucke lütte Bullkalv an, dat kriggt de Naam Peter. Un dat is würklich dat feinste Stück Veeh, wat he jichens sehn hett. Dat Beest is so smuck un so klook, dat versteiht allens, wat een to 'n seggen deit. Un dat is so totruulich un so lustig, de Mann un uck de Fruu hebben dat na korte Tied so leev, as weer dat se's eegne Kind.

Mal seggt de Mann to sin Fruu, vellicht kunn de Köster Peter ja dat Snacken bibringen; denn so kunnen se em doch as se's eegne Kind annehmen, un he kunn mal allens arven, wat se hebben un wat se tohören deit. Ja, seggt de Fruu, wokeen kann dat weeten, se's Köster is ja doch so'n kloke Mann, de mehr versteiht as sin Vadderunser, un se is sik wiss, he kann se's Peter dat Snacken lehren. Un Peter, seggt se, de hett ja so'n anslägsche Kopp. He schall de Köster man mal fragen, meent se.

Un do tüffelt de Mann richtig rup na de Köster un fraagt em, um he nich meent, he kunn sin Bulkalv dat Snacken lehren, he will dat geern as sin Arv insetten. De Köster, de is ja nich doesig, he kickt sik mal vörsichtig um, um dar uck keeneen se hören kann, un denn seggt he, ja, dat kann he sachs noch. Man he dörv dat keeneen vertellen, fluustert he, dat mutt heel un deel heemlich passeern, un de Preester, de dörv dar al gar nix vun wies warrn, anners kriggt he de gresigste Maleschen, seggt de Köster, denn eegentlich is dat verbaden. Un en arige Stück Geld ward dat ja uck kosten, seggt he, dar moeten wecke bannig düre Böker to. Ja, seggt de Buer, dat is eendoont, wat dat kosten deit, dar kümmt em dat nich up an. För't eerste will he al mal hunnert Daler hergeven för de Böker, un he will uck reine Mund holen. Hen to Avend, seggt he, denn will he mit dat Kalv wedderkamen. Denn gifft he de Köster de hunnert Daler, un avends bringt he sülven dat Kalv hen, un de Köster seggt em to, he will allens doon, wat he man kann.

Na en acht Daag kümmt de Buer wedder bi de Köster vör un will sik mal verhören un sehen, wo sin Kalv dat geiht. Man de Köster seggt, he dörv et nich besöken, anners kriggt Peter to dulle Lengen na Huus, un denn vergitt he womoeglich allens, wat he al lehrt hett. Anners geiht dat recht guut mit dat Lehren, seggt he. Man dar moeten nochmal hunnert Daler to, se moeten noch mehr Böker hebben. De Buer hett dat Geld jüst bi sik un gifft dat de Köster, un denn geiht he wedder na Huus, vull mit dat schönste Hapen.

Un na nochmal acht Daag kümmt de Mann wedder an un will mal hören, wodennig Peter sik bet nu anstellt hett. Och, seggt de Köster, dat geiht so. Um he denn all en lütte beten snacken kann, will de Buer weeten. Ja, seggt de Köster, he kann „Boeh" seggen. Och, röppt de Buer, dat stackels Deert. Beer will he sachs hebben. Do will he man foorts en Anker Beer kopen und herschicken to em. Ja, seggt de Köster, dat is recht, dat ward Peter sachs guut doon. Un noch desülve Dag bringt de Buer en ganze Anker vun dat beste Beer. Man dat drinkt de Köster sülven, un dat Kalv gifft he leever Melk to supen, dar hett 'n sachs beter vun, meent he.

Denn nochmal acht Daag later kümmt de Buer wedder un will weeten, wat Peter nu seggen kann. He blifft ümmer noch bi un seggt „Boeh", seggt de Köster. Oh, so'n Slüngel, röppt de Buer, denn will he noch mehr Beer hebben. Na, seggt he, dat kann he geern kriegen, wenn't em man smecken deit. Man wodennig dat anners so geiht mit dat Lehren, will he weeten. Tja, seggt de Köster, he is so wied kamen, dat he nochmal för hunnert Daler Böker hebben mutt. Ut de Böker, de he al kregen hett, seggt he, dar kann he nix mehr ut lehren. Na ja, seggt de Buer, wat mutt, dat mutt. Noch desülvige Dag bringt he denn de Köster de drütte hunnert Daler för Böker un en Anker gude, starke Beer för Peter.

Denn vergahn en paar Wuchen, wo de Buer nich na Peter fragen deit. He is en beten bang', dat kost't em nochmal wedder hunnert Daler, un de will he nich geern hengeven. So bilütten deit em all dat schöne Geld doch leed, wat Peter sin Ünnerricht em al kost't hett. Wieldes dücht de Köster, dat Kalv is nu so fett as dat man warrn kann, un do geiht he bi un slachtet dat. As he denn all dat Fleesch fein an'e Kant bröcht hett, do treckt he sin swatte Tüüg an un geiht hen na de Buerslüüd. So draa as he se de Dagstied baden hett, seggt he, Peter is doch sachs al bi se to Huus. „Nee", seggt de Buer, „dat is he minsandten nich; he is doch woll nich weglapen?" Nee uck doch, seggt de Köster, nu he, de Köster, sik sovel Möögde mit em geven hett un em richtig wat lehrt hett, do is he doch woll nich so leeg un achtertücksch un smeert em sodennig an. He hett tominnst nochmal hunnert Daler vun sin eegne Geld för Böker för em utleggt, seggt he, bet he em man so wied harr. Nu hett Peter al allens snacken kunnt, wat so anliggen dä un wat he man wull. Un do hett he vundaag seggt, he lengt so bannig na sin Vadder un Mudder un wull se geern mal weddersehn. Dat Vergnögen is he em geern günnen we'n, seggt he, man he is bang' we'n, Peter kunn de Weg na Huus nich alleen finnen, un do hett he sik praat maakt un hett mit em gahn wullt. Man as se vör de Dör we'n sünd, do is em dat mitmal infullen, he hett sin Stock vergeten hatt, un do is he foorts t'rügglapen för un halen 'n. Man as he denn wedder ut't Huus rutkamen is, do is Peter al up eegne Hand afste' lapen. Un do hett de Köster meent, Peter is sachs darhen lapen, 'nem he to Huus is. He weet anners nich, wonem he afbleven is.

Do warrn de Lüüd nu ja jammern un klagen, dat Peter jüst nu verlaren geiht, nu se Freud an em hebben kunnen und wo se sovel Geld utgeven hebben för sin Studeren. Un wat dat Leegste is, nu hebben se doch wedder keen, de se mal bearven kann. De Köster deit nu wat he kann för un trösten se. Em deit dat uck bannig leed, dat Peter sik sodennig hett upföhren kunnt un em nu, wo he sin Schoolmeister sovel Ehr harr maken kunnt, dat he em nu sowat andoon mag. Man vellicht hett he sik ja man verlapen, meent de Köster un seggt se to, he will em neegste Sünndag in'e Kirch verlesen, vellicht is em ja een bemött. Denn seggt he se adjüs un geiht na Huus un sett en feine, fette Kalverbraa to Bost.

Mal lest de Köster tofällig in't Blatt, in de un de Stadt is en nüe Koopmann tokamen, de heet Peter Oss. Do stickt he sik dat Blatt in'e Tasch un geiht foorts roever na de bedröövte Buerslüüd, de se's Arv verlaren hebben. He lest se dat vör ut't Blatt, un denn meent he, een kunn ja meist gloven, dat is se's Peter Bullkalv. Jo, wiss, röppt de Buer, wokeen schull dat woll anners we'n. Un sin Oolsch seggt, nu mutt he afste' un besöken em, denn se is sik heel wiss, dat kann keen anner we'n as se's Peter. Man he schall man düchtig Geld mitnehmen, seggt se, een kann ja nich weeten, um he dat nich nödig hett, nu he Koopmann wurrn is.

De neegste Dag kriggt de Buer sik en Sack vull Geld up'e Nack, stickt sik en Bodderbrood in'e Tasch un de Piep in't Muul, un sodennig reist he hen na de Stadt, 'nem de nüe Koopmann wahnen deit. Dat is gar keen korte Weg darhen, un he is en ganze Reeg vun Daag ünnerwegens, man toletzt kümmt he dar een Morrn in't Schummern an. He finnt uck richtig de Koopmann sin Huus un fraagt, um he to Huus is. Ja, seggen de Lüüd, man he is noch nich upstahn. O, seggt de Buer, dat maakt gar nix, he is ja de Koopmann sin Vadder, se schoe'n em man rupbringen na em, seggt he.

Un do bringen se em rup na de Koopmann sin Slaap- kamer, 'nem de alleen in slapen deit, he is noch Jungkeerl. So draa as de Buer em to sehn kriggt, kennt he sin Peter foorts wedder. Dat is ja desülve breede Vörkopp, desülve dicke Hals mit desülve starke Nack un datsülve rode Haar, man anners süht he nu rein ut as en Minsch. De Buer geiht foorts hen na em un kriggt em düchtig faat. „Na, Peter", seggt he, „wat hest du uns för'n Kummer maakt, neihst eenfach ut, jüst as wi di harrn wat lehrn laten! Seh nu to un kamen in'e Beens, dat ik di mal richtig ankieken un mit di snacken kann!"

De Koopmann denkt ja nu, dar is en Verrückte rin-
kamen na em, un he denkt, dat Beste is woll un ho-
len sik ruhig. Ja, seggt he, nu will he stracks up-
stahn, un denn he foorts rut ut't Bett un rin in sin
Tüüg. O, seggt de Buer, nu ward he dat eerst richtig
wies, wat de Köster doch för'n klooke Keerl is, he
hett em ja t'rechtkregen, dat he utsehn deit as elk-
een anner Minsch. Wenn een dat nich för wiss wee-
ten dä, seggt he, denn kunn een dat nich in'e Droom
infallen, dat he is dat Kalv, wat se vun'e rode Koh
kregen hebben. Um he nu nich will mit na Huus
kamen, fraagt he. Nee, seggt de Koopmann, he hett
jüst keen Tied, he hett dat so bannig hild in sin grote
Geschäft. Ja, seggt de Buer, man he kunn foorts de
Hoff oevernehmen, denn geiht he mit sin Oolsch
foorts up'e Afnehm. Man wenn he leever bi de Han-
nel blieven will, seggt he, denn so is em dat uck
recht. Um he nich wat fehlen deit, fraagt he toletzt.
Na ja, meent de Koopmann, fehlen deit em nix as
Geld, dat bruukt en Koopmann ja ümmer. Süh, röppt
de Buer, dat hett he sik richtig so dacht, he hett ja
uck gar nix hatt un fangen an mit, un so hett he em
foorts wat Geld mitbröcht. Un do maakt he sin Geld-
sack leddig up'e Disch, dat de heel vull liggen deit
mit blanke Dalers.

As de Koopmann wies ward, wat dat för een is, de he
dar vör sik hett, do snackt he bannig fründlich mit
em un seggt, he schall doch man en paar Daag bi em
blieven, dat se noch mehr tosamen snacken koenen.
Ja, seggt de Buer, man he schall vun nu an Vadder
to em seggen. Ja, seggt Peter Oss, he hett ja nich
Vadder, nich Mudder mehr an't Leven. Dat weet he
ja doch, seggt de Buer, sin rechte Vadder is ja letzt
Jahr to Micheeli na Hamborg verköfft wurrn, un sin

rechte Mudder is se in't Fröhjahr bi't Kalven af-schrammt. Man he un Mudder, dat heet sin Oolsch, de hebben em ja as se's eegne Kind annahmen, un he schall se ja mal bearven, un darum mutt he nu uck Vadder to em seggen.

Dat will Peter Oss geern doon, un he behollt uck de Sack vull Geld. Un de Buer maakt sin Testament un verschrifft em allens, wat he hett, wenn he mal dood is. Denn fahrt he wedder na sin Oolsch na Huus un vertellt ehr allens. Un se freut sik as dull, as se hört, de Koopmann Peter Oss is keen anner as se's eegne Bullkalv Peter. Dat mutt he foorts de Köster vertel-len, seggt se, un he schall em de hunnert Daler be-tahlen, de he utleggt hett ut sin eegne Tasch för se's Soehn. He hett dat verdeent, seggt se, un noch mehr för all de Freud, de he se up se's ole Daag maakt hett, dat se noch so'n Soehn un Arv kregen hebben. Dat dücht ehr Mann uck, un do geiht he hen na de Köster un seggt em velen Dank för all dat Gude, wat he för se daan hett, un he gifft em tweehunnert Da-ler. Un denn verköfft he sin Hoff un allens un treckt mit sin Fruu na de Stadt, 'nem se's leeve Soehn un Arv leven deit, em koenen se gar nich mehr missen. Un em hebben se denn dat ganze Geld geven un sünd bi em bleven, bet se dootbleven sünd.

De arme Fischerjung

Dar is mal en Fischer we'n, up de is de Himmel woll dull we'n un hett em mit en grote Barg Kinner un noch mehr Unglück bedacht. Nu sitt he wedder mal an'e Strand un luert up'e Fisch, de em in't Nett gahn schoe'n. Man nich een is so nett un deit dat, un do is he heel un deel vertwiefelt. Do kümmt dar en vörnehme Herr angahn un fraagt em, wodennig em dat denn so gahn deit. Och, seggt he, em geiht dat leeg, heel leeg, he weet gar nich, wat he noch maken schall. Na, seggt de Herr, he kann em licht riek maken. He hett doch en smucke Jung, Albert, em schall he de neegste Dag na em in'e Gaarn bringen un mit em na de grote Linn up'e Wisch vör't Huus gahn. Blangen de Boom finnt he denn en lütte Kist vull Gold, de schall he mit na Huus nehmen, man de Jung, de schall he bi de Boom laten, för em ward denn al sorgt. De Fischer seggt de Herr velen Dank un deit de neegste Morrn, wat de Herr em heeten hett.

To de Tied hett nich wied weg in'e Soeven-Steern-Bargen en grote Töversche wahnt, de hett Sabina heeten, un se hett dat Seggen oever en Barg vun de smuckste Deerns hatt, man se sülven is noch smucker we'n as de dare Deerns all tohopen. Jüst an de Dag, as de Fischer sin Jung in'e Gaarn bringen deit, do maakt Sabina en lütte Morrntour dör de Luft, un do süht se de lütte Jung bi de Linn stahn, un he blarrt, denn he hett nich blots Langewiel, he hett uck Hunger.

„Stackels Gör", seggt se bi sik un kickt de lütte Kruuskopp mit Wollgefallen an, „för en paar Daler hett din leege Vadder di an en Düvel verköfft, un de will di verdarven." Nee, seggt se, dat schall nich passeern, se will em retten. Se haalt Albert to sik in'e Waag un nimmt em mit in ehr Huus, un dar ward he allerbest ertrocken. He is al tweeuntwintig Jahr oold un is en smucke junge Mann wurrn, do weet he ümmer noch nich, wonem he herkamen deit, he denkt, he hört mit to de Familie, bet em een vun de Töversche ehr Deerns mal ut Spaaß fraagt, wonem em dat denn nu beter gahn hett, to Huus oder dar. He is ja heel verbaast un fraagt na, un do vertellt se em, wodennig he dar henkamen is. He is en Fischer sin Soehn, seggt se, un sin Vadder un Mudder wahnen nu in'e Königsstadt. Se sünd vun dat Geld, wat se kregen hebben, rieke Lüüd wurrn, un weddersehn kann he se blots, wenn Sabina em dar Verlööv to gifft. Jung un driest, as he is, denkt he dar nu blots noch an, he will geern sin Vadder un Mudder kennen lehr'n un de Welt sehn, un he geiht foorts hen na Sabina un fraagt ehr um Verlööv.

Nee, seggt se, he dörv nich vun ehr gahn. Wenn he eerstmal weg is, seggt se, denn so kümmt he bestimmt nich wedder. He is heel verbaast, dat is in all de Jahren dat eerste Mal, dat se em wat afslaan deit. Man he gifft dat nich up, he stickt sik achter de Deerns, dat se bi Sabina en gude Woort för em inleggen, un dat doon se uck geern, denn se moegen em all geern lieden. Lange Tied helpt uck dat nix, man toletzt gifft Sabina doch na. Ehretwegen dörv he gahn, seggt se, man dar is een Bedingen bi: He dörv nümmer un narms vun ehr, ehr Huus un ehr Lüüd snacken. Man wenn he nich wedderkümmt, seggt se, denn schoe'n se mal wat beleven, denn se hebben ehr to de dare unklooke Verlööv besnackt.

Eerst seggt keeneen vun se wat, man denn lopen se um'e Wett un bringen em de gude Naricht. Albert freut sik un löppt foorts hen na Sabina un bedankt sik bi ehr. He seggt ehr to, he will de Bedingen holen, un denn seggt he adjüs. Gau kriggt he sik veer Perde ut ehr Stall un dree Deeners, un afste' geiht dat so gau as de Wind dör de Luft na de Königsstadt. Dar stiggt he af in dat Weertshuus liek oever vör de König sin Slott. De neegste Morrn maakt he de Finsterluken vun sin Stuuv up un geiht bi un waschen sik. Do ward em een vun de König sin Döchter wies. Gau löppt se hen na ehr Mudder un vertellt ehr, wat dar för'n smucke frömde Mann in dat Weertshuus oever vör wahnen deit, dat is wiss en Prinz, meent se. De Königin is jüst so nieschierig as ehr Döchter, un do schickt se foorts en Deener hen na dat Weertshuus, he schall mal nafragen. Wat he achterher vertellen kann, dat hört sik recht guut an, un do lett se de smucke frömde Mann to Disch laden, un dat nimmt unse Albert geern an.

As he dar nu so mit de Königin un ehr Döchter bi't Eten sitten deit, do verkickt de öllste Prinzessin sik in em. Ehr Mudder, de Königin ward dat wies, wat dar mit ehr nich mehr heel junge Dochter vör sik geiht, un do geiht se bi un snackt darvun, wat för'n feine Deern dat is un wo smuck se is, un dar oeverdrifft se gewaltig bi. Albert is de Umgang an'e Königshoff ja nich wennt, in Sabina ehr Huus sünd se ümmer uprichtig mit'nanner umgahn, un do seggt he, se schall dar man nich so vel Stahoi vun maken, wo smuck de Prinzessin is. De grimmigste[1] Deern an de Hoff, 'nem he herkamen is, seggt he, de is vel smucker as se. Dar warrn Mudder un Döchter splitterndull oever, se springen up vun'e Disch, un unse

---

Albert kümmt in Keden un mit en starke Wach in en deepe Kaschott.

To'n Glück kickt Sabina meist to desülve Tied in ehr Töverspeegel, un as se ehr Leevste in Keden süht, do hext se sik foorts en grote Armee her, un dar geiht se dör de Luft mit up'e Königsstadt to. Wieldes hett de Königin ehr grote Raat tohopentrummelt, se woe'n to Gericht sitten oever Albert. Do seggt en ole, kloke Ratsherr to de Königin, se schall sik jo in acht nehmen, wat se deit, keeneen weet ja, wokeen de inspunnte Mann is. He kunn ja en mächtige Prinz we'n, un de sin Vadder wurr se denn sin Raasch bitter föhlen laten. Man de Königin gifft nich na. Do kamen dar de neegste Morrn twölf Wagens mit arig Gold an vör dat Königsslott fahren mit prachtvulle Perde darvör, dar stiegen veeruntwintig wunnerbar smucke Prinzessinnen rut un woe'n mit de Königin snacken. Man de lett se bestellen, se is dat nich wennt un bemöh'n sik um jichens een, un do stiegen de Prinzessinnen wedder in'e Wagens, fahren afste' un rut vör de Stadt. Do rückt Sabina mit ehr Suldaten vör un belagert de Stadt. De Königin ehr Feldherr süht dat vun'e Toorn vun't Slott un verfehrt sik. De Königin stiggt gau sülven rup up'e Toorn, un do süht se de Fiend, de is praat un störmen de Stadt.

Gau schickt se wecken na dat Lager vun'e Fiend, se will mit de Anföhrer snacken. Do kamen nochmal de twölf Wagens mit de twöf Prinzessinnen bi ehr an, man dütmal laten se de Königin na sik dalkamen. Se schall de junge Mann frielaten, de se inspunnt hett, ropen se ehr in'e Mööt, anners is ehr Stadt in veeruntwintig Stunnen in Dutt. He hett ehr Kroon un ehr Dochter en Schimp andaan, seggt de Königin, dar mutt he för straaft warrn. Do seggen de Prinzessinnen, wenn he ehr Dochter en Schimp andaan hett, denn so hett dat mit ehr Kroon gar nix to doon, un to dat anner, dar hett he sachs en Grund to hatt. Man de Königin will sik nich geven. De grote Raat un de heele Hoff snacken ehr to, se schall doch jo nich ehr stackels Volk de Raasch vun'e Fiend utlevern, blots wiel dat ehr Dochter sik up'e Steert pedd't föhlt, man dat nützt allens nix. As de Stunn Bedenktied vörbi is, de se ehr geven hebben, un dar is nix passeert, do geiht dat los, de Stadt ward angrepen mit en gresige Bombardemang, un dat duert keen Stunn, un de halve Stadt steiht in Flammen. Do ward de Königin bang' un lett Albert rut ut sin Kaschott un schickt em mit en paar vun ehr Lüüd in't Lager för un verhanneln um Freden. As he mit de Königin ehr Vullmacht bi Sabina ankümmt, do schimpt se em düchtig ut.

Se hett em dat ja foorts seggt, meent se, wenn he afreist, denn bringt dat ehr un em nix as Arger. En lusige Königin hett dat waagt un sparrn em in, un se, de de Macht hett un hau'n de heele Welt to Gruus un Muus, se mutt nu mit so een verhanneln. Un to de Stadtlüüd seggt se, de Lüüd hebben dat Leege nich verdeent, wat se se andaan hett, man se's Königin schull een dat Slott ansteken. Fiefundörtig Millionen Daler an Kriegskosten schall se betahlen un sik dar denn in ehr eegne Slott vun oevertügen, dat de ringste vun ehr, Sabinas, Hoffdeerns vel smucker is as de Königin ehr Döchter. Un jüst so kümmt dat uck. De Königin ward darbi so dull, se fallt in Amidaam. Man se verhaalt sik wedder un will wedder Krieg anfangen. Do süht se, Groot un Lütt hebben keen Moot un sünd all gegen ehr, un do jaagt se sik en Mess in't Hart, un doot is se.

Nu de Königin doot is, un dar is wedder Freden, do will Albert sik geern wedder mit Sabina verdrägen. Eegentlich will se dat uck geern, man liekers jaagt se em weg. He hett ehr Bedingen un sin Verspreken nich holen, seggt se, he hett vun ehr Familie snackt. Nu Sabina nix mehr mit em to doon hebben will, süht he to un kamen weg ut de dare Gegend. De Königin is ja doot, man ehr Dochter, de he up'e Steert pedd't hett, de is ja noch an't Leven. Do neiht he ut in'e Bargen un meent al, dat is ut mit em, sodennig piern em Noot un Hunger. Do bemött he upmal dree Keerls, de strieden sik. Se hebben dree afsünnerliche Saken ünner sik to verdeelen: en Mantel, de maakt unsichtbar, wenn 'n de umhett; en Geldbüdel, de ward ümmer wedder vull, wenn 'n de leddig maakt; un en Paar Schoh, wenn een de anhett, denn kann een so gau lopen as de Gedanken. As se em wies warrn, seggen se, he kümmt se jüst topass, he schall de Richter we'n in se's Striet.

Denn schoe'n se em man eerstmal bewiesen, dat se em nich up'e Arm nehmen, seggt he. Ja, dat woe'n se uck geern, ropen se all dree, un do hängen se em eerstmal de Mantel um. Um se em noch sehn koenen, fraagt he. Nee, seggen de dree. Dat gloovt he se nich, seggt he, man se woe'n man mal de Büdel utprobeern. He maakt 'n en paarmal leddig. Süh, seggt he, mit de stimmt dat. Denn treckt he de Schoh an. Um se mitkamen woe'n, fraagt he de dree verbaaste Keerls, un weg is he.

Sabina maakt sik dull Sorgen, un do kickt se in ehr Töverspeegel, se will geern weeten, wodennig dat ehr Leevste geiht. Man de Speegel wiest ehr gar nix, denn Albert hett nu mehr Macht kregen as se sülven. Do is ehr de Stunn leed, as se em nageven hett un as se naher so hart we'n is gegen em. Se is bang', se is em sachs för ümmer los.

Man he lengt jüst so dull na ehr as se na em. He denkt dar foorts an, he will Sabina besöken, un Denken un Doon, dat is bi een mit so'n Schoh ja man een Ogenblick. Do sünd dar vörn in't Slott dree Perde, een ut Blie, een ut Messing un een ut Iesen. Dat Blieperd fraagt, dat ut Messing antert, un dat ut Iesen bringt de Antwoort hen. He kloppt an't Door vun't Slott, un do fraagt dat Perd ut Blie, wokeen dar kloppen deit. Dat Perd ut Messing antert, dat is se's mächtige Albert. Un dat Perd ut Iesen bringt de Antwoort na Sabina. Do vergitt se ehr Dullheit un löppt vull Freud hen na em. Man he deit heel eernst un seggt, he hett nu dreemal sovel Macht as se, un he is extra kamen, he will ehr dat t'rüggbetahlen. Do fraagt dat Perd ut Blie, um dat wahr is, un dat ut Messing seggt „Ja". Man dat ieserne Perd snackt se to, se schoe'n sik doch man verdrägen.

So, seggt Albert to dat Iesenperd, denn schall dat en Lööw warrn, un to Sabina seggt he, se schall en Löwenoolsch warrn. Do maakt de nüe Löwenoolsch so'n trurige Gesicht, un do röppt he gau, nee, nee, se schall wedder warrn, wat se we'n is. Se schall in sin Arms kamen un em so leev hebben as he ehr.

Natürlich sünd se denn Mann un Fruu wurrn un hebben glücklich tohopen levt. Un se leven sachs ümmer noch so, denn so'n Aart Lüüd blieven ja nich doot, un wenn se uck oolt warrn, se sehn doch ümmer jung ut, denn de Runzeln un de graue Haar, de koenen se sik ja weghexen.

De rechte Lohn

Dar is mal en Vadder we'n, de hett dree Soehns hatt. De beide öllsten darvun sünd fuul we'n, man darbi grootsnutig un leeg vun Harten, man de jüngste, de is truu we'n un flietig, un darbi trügghöllern un blööd[1] un gedüllig. Aver he is man lütt un spiddelig we'n, un darum is he meist to Huus bleven, un sin spietsche Bröder hebben em nich anners nöömt as Aschputt, un dat mutt 'n seggen, uck sin Vadder un Mudder hebben em nich so leev hatt as de beide annern.

Mal seggt de öllste Soehn to sin Vadder, he will in de Welt trecken un sik Riekdom winnen un en Naam maken. Dat schall he man nalaten, seggt de Ole, he kennt de Welt nich, un upletzt löppt dat blots up Schann un Spektakel rut. Man de Soehn lett sik nich bedüden, he gifft un gifft keen Freden, bet sin Vadder upletzt „Ja" seggt. Un sin Mudder backt em en Kook ut feine witte Weetenmehl, un de anner Morrn treckt he afste'.

Na en Stoot ward he hungerig, un do sett he sik dal up en Barg, kriggt sin Kook ut'e Rucksack un geiht bi un vertehrn 'n. Do kümmt dar en arme Bedelmann an un fraagt em um en lütte Brock. He schall foorts sehn un kamen em ut'e Ogen, bölkt de Bengel un kriggt sin Stock faat un drauht em. De Bedelmann slept sik mit Möögde weg un röppt na em t'rügg, dat schall em mal wedderbetahlt warrn. Nu kamen dar wecke lütte Vageln anflagen, de woe'n de Krömels uppicken, de dar dalfullen sünd. Man de Bengel haut na se mit sin Stock un smitt na se mit

---

[1] Bescheiden (nicht blöde wie im Hochdeutschen).

Steens. Do fleegen de Vageln weg un ropen, de leeve Gott ward em dat wedderbetahlen. Toletzt maakt he sik wedder up'e Socken, un he is al en lange, lange Enne gahn, do bemött he en ole Mann, de fraagt em, wonem he up dal will. He will deenen, seggt he, un sik Riekdom winnen un en Naam maken.

Dat kann he bi em kriegen, seggt de Ole, wenn he bi em deenen will. He schall blots sin Schaap passen, un wenn he dat truu un stüttig deit, denn so schall he dar na een Jahr en Sack vull Geld för hebben. Süh, dat is de Bengel so recht na de Mütz, un he sleit in.

De Ole wiest em denn en Stä' mit gude Weid, un dar treckt he denn hen mit de Schaap, man he is fuul un döcht nix. He slöppt meist de ganze Dag, bringt de Schaap nich to rechte Tied an't Water to supen un nie nich up frische Weid, un wenn dar een weglöppt vun'e Flock un verbiestert, denn geiht he nich achterna, he lett dat to'n Düvel gahn. All de Schaap warrn mager, un en ganze Deel blifft doot. He haut uck de Hünne, un – noch leeger – he smitt uck na de stackels lütte Vageln, wenn de ut de Doornbüsche Wull halen woe'n to se's Nester, denn smitt he se doot mit Steens. Dat dare Jahr dücht em doch all to lang, un as dat upletzt denn doch to Enne is, do geiht he driest hen na sin Herr un will de afmaakte Lohn hebben. De schall he hebben, seggt de Herr, so as he dat verdeent hett. Denn geiht he mit em in en Kamer, dar stahn dree Säcke, een mit Goldgeld, een mit Sülvergeld un een mit Koppergeld. Dar dörv he sik een vun nehmen, seggt de Ole, man hett he em nich rechtfardig deent, denn bringt em dat nix.

De Bengel langt foorts na de Goldsack, smitt 'n sik up'e Nack un treckt munter na Huus to. As he dar ankamen deit, röppt he, nu bruken se nich mehr arbeiden, mit dat, wat he verdeent hett, dar koenen se ümmer lustig mit leven. Idel Gold bringt he, seggt he. He sett sin Sack dal un maakt 'n gau up, dat he se de blanke Goldstücken wiesen will. Man in de Sack is blots Sand in, nix as schetterige Sand. Dat hett he ja foorts seggt, meent sin Vadder, he bringt em un sik sülven nix as Schann un Spektakel.

Do waagt de Grootsnuut nich un seggen dar wat to, denn nu ward he an de letzte Wöör vun de ole Mann, de stackels Bedelmann un de lütte Vageln denken un wo leeg he sin Deenst daan hett.

Dat duert nich lang', do kümmt de tweete Soehn un seggt to sin Vadder, he will nu uck gahn un deenen un sin Glück versöken. De Ole versöcht un snacken em dat ut, man dat helpt nix. Do backt sin Mudder em för de Reis en Kook ut Roggenmehl, un de neegste Morrn maakt he sik up'e Socken. Man dat geiht em meist jüst so as sin Broder. He is ja uck nich vel anners un uck nich beter. As he an'e Weg sitt un itt un de ole Bedelmann kümmt un fraagt em um en Brock, do kriggt he de Stock hooch. He haut un smitt uck na de Vageln, un in sin Deenst is he jüst so fuul un leeg as de anner. Knapp is dat Jahr to Enne, do löppt he uck gau na sin Herr un will de afmaakte Lohn hebben. De geiht uck mit em in de Kamer, 'nem de dree Säcke mit Gold-, Sülver- un Kopperstücken stahn. He schall sik man een nehmen, seggt de Ole, man hett he em nich rechtfardig deent, denn bringt em dat nix. He is en beten mehr t'rügghöllern as sin Broder un nimmt sik man de Sack mit de Sülverstücken, denn he weet woll, uck de hett he nich verdeent.

As he nu na Huus kümmt, do röppt he al vun wieden sin Vadder un Mudder to, nu bruken se nich mehr arbeiden, he bringt idel Sülver in sin Sack. Man as he de Sack dalsetten deit un maakt 'n up, süh, dar is dat idel Sand, nix as Sand. Hett he doch seggt, dat dat so kamen wurr, süüfzt sin Vadder. Man jüst so as sin Broder waagt he dat nich un seggen dar wat to, he ward uck foorts an de letzte Wöör vun de ole Mann, de Bedelmann un de lütte Vageln denken un an sin leege Deenst.

Nich lang', do geiht de jüngste Soehn na sin Vadder un seggt, he will uck gahn un deenen un sin Glück versöken. Em will de Ole nu partuh nich gahn laten. Wat he woll meent, seggt he, sin Bröder hebben em nix as Schann un Spektakel bröcht, wat he woll eerst mit *em* beleven schall. Man de Lütte blifft bi un pranselt un triffeleert, bet sin Vadder upletzt seggt, denn schall he man in Gotts Naam gahn. Wokeen kann sik woll duller freuen as Aschputt! Sin Mudder backt em för de Reis en Kook ut Asch, un ganz fröh an'e neegste Morrn maakt he sik up'e Weg. Do kümmt he an desülve Barg, 'nem sin Bröder eten hebben, un he hett uck düchtig Hunger, un do sett he sik dal un packt ut.

Nich lang', do kümmt uck de ole Bedelmann un fraagt um en lütte Brock. Ja, seggt he, he schall sik man blangen em dalsetten, un he deelt de Aschkook mit em, un se sitten un eten un sehn um sik rum de feine Gegend in'e helle Sünnschien. Do kamen uck de lütte Vageln anhoppt un picken de Krömels up, un dar freut de Jung sik to, un he krömelt de Rest vun sin Kook un smitt 'n de hungerige Vageln hen. Denn kriggt he sin Rucksack up un will wiedergahn un wünscht de Ole Gott sin Segen up'e Weg. Do kriggt de Ole en lütte Fleut ut'e Tasch un schenkt 'n de Jung, um dat he so fründlich we'n is un em wat to eten geven hett, un de lütte Vageln singen em achterher, de leeve Gott ward em dat wedderbetahlen.

As he nu en ganze Enne wiedergahn is, do bemött he desülve ole Mann, de uck sin Bröder in Deenst nahmen hett. Wonem he up to will, fragt de Ole. He will geern deenen un wat verdeenen, dat he sin Vadder un Mudder wedderbetahlen kann, wat se an em daan hebben. Dat kann he bi em in een Jahr verdeenen, seggt de anner, wenn he truu un stüttig sin Deenst deit. Dat seggt de Jung em to, un do nimmt de Ole em an un bringt em na sin Flock Schaap un seggt, he schall sin Schaap passen, dat se dat guut gahn deit un se keen Mallör passeert.

De Jung deit, so as he dat toseggt hett, truu un stüttig sin Deenst. He drifft de Schaap ümmer up'e beste Weid un to rechte Tied an't Water to supen, un wenn een to wied weglöppt vun'e Flock, denn geiht he achterna un bringt dat mit sin Hünne wedder t'rügg na de Flock. Wenn nu de Schaap all satt sünd un liggen in'e Sünn, denn sett he sik uck dal, un de true Hünne leggen sik dal blangen em. Denn kriggt he sin Fleut rut un spelt dar so fein up, de lütte Vageln, de ut'e Doornbüsche Wull to se's Nester sammeln, de laten se's Arbeit Arbeit we'n un hören en Tiedlang to un singen toletzt sülven mit. Dat gefallt de Jung so guut, dat he nu faken spelt, un denn sünd uck de Schaap ruhig, un de Hünne kieken em an mit se's true Ogen un bellen nich, as anner Hünne dat bi Musik doon, se liggen ruhig dar un hören to. Wenn dar nu up'e dare Weid nix mehr to freten is, denn treckt he wieder, un sodennig kümmt he meist in'e heele Gegend rum.

Een Dag ward he upmal up en lütte Barg mang wecke Büsche en grote Kirch wies, de hett he noch nie nich sehn. He geiht dar dichter ran un süht, all de Dören sünd apen. Vun binnen is de Kirch so rein utfegt un so smuck, he blifft verbaast en ganze Tied vör de Dör stahn. Denn geiht he langsam un liesen rin. Man in de Kirch, dar is keen Preester un uck anners keeneen. Allens is heel still. As he vör't Altar kümmt, do süht he, oever de Erlöser sin Krüüz swevt en lütte gollne Vagel. De kümmt nu dalflagen, sett sik up sin rechte Schuller un singt: „Mit di is de leeve Gott!" Denn flüggt 'n wedder rup up sin Platz, man dat Singen klingt na in sin Hart. He geiht denn wedder na de Flock un wahrt de Schaap.

Do kümmt sin Herr bi em an un seggt mit en fründliche Stimm, dat Jahr is um. He hett em truu deent, seggt he, dat kann he an de Schaap sehn. Nu schall he man kamen un sin rechte Lohn kriegen. Dat is de Jung gar nich na de Mütz, dat he nu vun de feine Flock un de smucke Gegend weg schall, un em dücht meist, dat kann gar nich angahn, dat dat Jahr al um is. He harr de gude Mann geern noch en Jahr oder noch länger deent. Man denn ward he an sin arme Vadder un Mudder denken, un do will he se geern gau weddersehn un se en Freud maken. Sin Herr geiht mit em nu in de Kamer, 'nem de Geldsäcke stahn, un seggt, he schall sik man een Sack utsöken. Dat Gold un dat Sülver is de Jung eendoont, he seggt foorts, he will geern de Sack mit dat Koppergeld hebben. De hett he uck nich verdeent, seggt he, dat weet he woll, man he will dar doch to geern sin stackels Vadder un Mudder mit helpen.

De Sack schall he hebben, seggt de Ole to em, un de anner beide Säcke up to. He schall man na Huus gahn, seggt he, he will em bald en Waag mit dat Geld naschicken. Do kriggt de Jung sin Wannerstock faat un treckt na Huus to.

He kümmt na de Barg, 'nem he mit de ole Bedelmann un de lütte Vageln sin Aschkook vertehrt hett, un dar ruht he sik wedder en beten ut. Man nu is he nich hungerig. He kriggt sin lütte Fleut rut un spelt so smuck, de lütte Vageln, de he do wat to freten geven hett, de kamen anflagen, lustern un singen luut mit.

Denn treckt he wieder, un nich lang', do is he to Huus un vertellt nu sin Vadder un Mudder darvun, wat he allens sehn un belevt hett, un vun dat Geld, wat de ole Mann em naschicken will. Sin beide Bröder, de hebben in de letzte Tied mit se's Fuulheit un Leegheit se's stackels Vadder in grote Noot bröcht, de hören dat allens mit an. Un do gahn se bi un lachen un spijöken. Se hebben ja tominnst elkeen bloots een Sack Sand na Huus bröcht, man he kriggt ja nu woll en heele Föder Asch, seggen se. Man dat is ja uck recht so, seggen se, darför is he ja de Asch-putt.

Man he kehrt sik nich an se's Spijöök, un in sin Hart is he sik wiss, sin Glück is wahr. Upmal hören se en Waag vör't Huus anholen. Do gahn se foorts all na buten. Dar is keen Minsch bi de Waag. Man an'e Siet vun'e Waag steiht mit grote, gollne Bookstaven schreven, Waag un Spannwark schickt de ole Mann sin true Schäper, de em eerst as Bedelmann so

fründlich wat to eten geven hett, em denn sin
Schaap fein wahrt un passt hett un uck sin lütte Va-
geln nich vergeten hett. De Jung drifft dat Fohrwark
denn up'e Hoff un laad't de Säcke af. Do is de Freud
bi Aschputt un bi sin Vadder un Mudder gewaltig
groot. Nu deit se dat leed un se schamen sik, dat se
se's Jüngste nich so leev hatt hebben as de öllere
Soehns, un se beden em, dat he se dat vergeven
schall. Man he seggt, dar schoe'n se vun upholen, he
hett doch allens blots se to verdanken. Man de beide
leege Bröder, de koenen dat Glück vun se's jüngere
Broder nich af, se lopen weg as unklook, un keeneen
hett wedder wat vun se sehn oder hört, wat ut se
wurrn is.

Man Aschputt is nu en rieke Mann, un he hett noch
vele Jahren mit sin Vadder un Mudder glücklich un
tofreden levt un mit all sin Geld en Barg Gudes
daan. An feine Daag, denn nimmt he faken sin lütte
Fleut un geiht up en Barg un spelt un lustert up dat
Singen vun de Vageln. Denn denkt he t'rügg an sin
Jahr as Schäper, un wenn he richtig selig is, denn is
em dat so, as weer he wedder in de dare grote Kirch
un wunnerwarkt oever all de Pracht um sik rum, un
de lütte gollne Vagel flüggt dal up sin Schuller un
singt dat wunnerbare Leed: „Mit di is de leeve Gott!"

De junge Mann mit de lüchten Ogen

Dar is mal en Fischer we'n, de is mal mit sin lütte Soehn an de See gahn för un fischen. De Fischer hett sin Nett utsmeten, un do fangt he dar en Fisch in, de hett en gollne Steert und Ogen vun Eddelsteen. Do seggt de Fischer to sin Soehn, he schall guut up de dare Fisch uppassen. He sülven will na de König lopen un em mellen, wat he dar fungen hett.

De Ole is noch nich bi de König sin Slott ankamen, do deit de stackels Fisch de Jung leed. He dreiht dat Nett um un lett de Fisch in't Water springen. As he süht, de Fisch is wegswummen, do denkt he sik, he will man leever uck utkniepen, he is bang, sin Vadder ward dull un gifft em en düchtige Morsvull. He löppt afste' un rönnt oever de Feller un na de Bargen to, 'nem sin Fööt em hendrägen. Ünnerwegens bemött he en junge Mann mit lüchten Ogen, un de fraagt em, wonem he hen will. Un do vertellt de Jung em de heele Geschicht. Do seggt de anner, he is uck utneiht vör sin Vadder un Mudder, de hebben em ümmer Kummer maakt. Se woe'n sik man tohopen-doon, seggt he, un woe'n as Frünnen leven.

Do doon de beiden sik tohopen un wannern, bet se na en Stadt henkamen. Dar nehmen se sik en Stuuv, un de Jung, de is ja noch to lütt un kann keen Arbeit finnen, de Jung blifft to Huus. Man de junge Mann kriggt Arbeit in en Laden, 'nem se Rundstücken verkopen. Avends kümmt he denn na Huus un bringt de Jung wat to eten un uck wat Taschengeld. Sodennig geiht dat twee Jahr.

Een Dag kümmt de König sin Minister in'e Laden un will en Barg Rundstücken hebben, un he seggt to de Mann, de de Laden tohören deit, he schall de junge

Mann mit de Rundstücken na dat Slott schicken. Dar will de Mann nix vun weeten, man de de Minister will dat nich anners hebben, un do seggt he toletzt „Ja". Do geiht de junge Mann denn na de König sin Slott mit de Korf mit Rundstücken up'e Nack.

As he dar ankamen deit, do tellt de Minister de Rundstücken na, un süh, dar fehlt uck nich een. De junge Mann is ehrlich, un dat gefallt em. Un do seggt he to em, he is de richtige Mann, de een en Geheemnis anvertruun kann. Denn geiht he mit em bet vör de Stadt, un dar kamen se na en Barg. De Minister röppt en paar Wöör, un do deit de Barg sik up un se warrn en Kuhl wies, de is vull mit Goldstücken. Do seggt de Minister to de junge Mann, he schall rünnerklarrn in de Kuhl un dat Gold dar ruthalen.

De junge Mann klarrt dal in de Kuhl un geiht bi un slepen säckewies Gold rup. Upmal breken de Wänne vun de Kuhl in, un de junge Mann ward dar ünner begraven. As de Minister dat wies ward, neiht he ut.

De neegste Dag geiht de Minister to Markt un kümmt uck na de Rundstückenbäcker, un wokeen ward he dar wies? De junge Mann, de he meene weer doot. He geiht rin in de Laden, bestellt en Barg Rundstücken, un seggt, de junge Mann schall se em henbringen. Nee, seggt de Bäcker, dat will nich hebben, denn de Dag vörher is sin Hülpsmann meist de heele Dag nich wedderkamen. Man de Minister blifft bi, un do gifft de Mann toletzt na.

Un de Minister bringt de junge Mann dar wedder hen, 'nem de Schatz vergraavt is. Man as se dar ankamen, do seggt de junge Mann to em, dütmal schall he man sülven dalklarrn. He is de Dag vörher nedden we'n, seggt he, nu is de Minister an'e Tour.

Do klarrt de Minister dal in'e Kuhl un geiht bi un kriegen de Säcke mit dat Gold rut. Man wedder fallen de Wänne vun de Kuhl in un begraven em ünner sik. Do kriggt de junge Mann mit de lüchten Ogen sik sovel Gold faat, as he man slepen kann, un bringt dat hen na sin Fründ, de Fischersoehn. Denn hüert he Arbeitslüüd an un seggt, se schoe'n en ünnereerdsche Gang graven vun de Stä', 'nem de Schatz liggen deit, bet na sin Huus. Denn bringt he sin Fründ hen na de Schatz un seggt, wat dar liggt, dat hört em, de Fischersoehn to. Vun nu an schall he sik fein antrecken un schall sin Tied in de feinste Gasthüser in de Stadt tobringen. Un de em de Dagstied beeden deit, de schall he en Goldstück geven, un de em sin Steveln putzen deit, de schall he twee Goldstücken geven un em inladen up en Glas Beer. Avends schall he denn de Kröger fragen, wat he em schüllig is, un seggt he: Twintig Daler, denn so schall he em veertig geven un noch twee upto. Un dat schall he elkeen Dag doon.

Un de Fischersoehn hört up em un deit, wat he em heeten hett, un dat duert nich lang', do kennen se em in de heele Stadt vun wegen all sin Geld un wat he dar allens vun wegschenken deit. De König kümmt dat uck to Ohren, un do will he em geern mal neeger bekieken. Un so geiht he hen un sett sik in'e Kroog, un dar süht he dat mit sin eegne Ogen, allens, wat he hört hett, is wahr. Do seggt de König to de Fischersoehn, he schall em doch mal besöken in sin Slott. As de dar nu henkümmt, do fraagt de König em, um he will sin Dochter to Fruu hebben. De Fischersoehn seggt, dar is een, de mutt he eerst fragen, ehrer kann he dar nix to seggen.

52

Un do geiht de Fischersoehn hen un fraagt sin Fründ, de junge Mann mit de lüchten Ogen. De seggt, he schall man driest „Ja" seggen. Do nimmt he de König sin Vörslag an, dat gifft en prachtvulle Hochtied, un na en Jahrstied kriggt dat junge Paar en lütte Jung. Na noch en Jahr kriegen se noch en Jung, un na dat drütte Jahr en lütte Deern.

Mal fraagt de junge Mann mit de lüchten Ogen sin Fründ, de Fischersoehn, warum he nich mal sin Vadder besöken deit; he kümmert sik dar ja gar nich um, wodennig de Ole dat gahn deit. Do kriggt de Fischersoehn natte Ogen, denn he lengt bannig na sin Vadder. De junge Mann süht, wo trurig sin Fründ is, un do fahrt he gau na de Stadt, 'nem de Fischer wahnen deit, un do finnt he em in't Kaschott. Dat kümmt, de König is bannig dull up em, he hett em ja vertellt vun de Fisch mit de gollne Steert un de Ogen vun Eddelsteen, un denn is de doch nich in't Nett we'n, un do denkt de König, de Fischer hett em wat vörlagen.

De junge Mann mit de lüchten Ogen köfft de Fischer frie ut sin Kaschott un fahrt mit em in en feine Kutsch hen na sin Soehn, wat ja de König sin Swiegersoehn is. Un to de Soehn seggt he, he, de Fischersoehn, hett em mal en grote Deenst daan, un nu hett he em dat t'rüggbetahlt. He is de gollne Fisch we'n mit de Ogen vun Eddelsteen, seggt he, de he hett wegswümmen laten un de he rett't hett vör de Dood. Weer he in't Nett bleven, seggt he, denn so harr de König em wiss dootmaakt un upeten. Man nu, seggt he, nu geiht he wedder t'rügg in de See. He is de Soehn vun de König vun de Fisch, seggt he, un he wünscht de Fischersoehn en gude un lange Leven.

Un as he dat seggt hett, do verswinnt de junge Mann mit de lüchten Ogen. Un de Fischer sin Soehn, de blifft t'rügg un levt lang' un glücklich mit sin Familie. Süh, dat weer de Geschicht vun de Fischer sin Soehn un sin Fründ, de junge Mann mit de lüchten Ogen.

Dat gollne Spinnrad

Dar is mal en arme Wittfru we'n, de hett twee Döchter hatt, dat sünd Twillings we'n. Se hebben sik so liek sehn, een hett se nich ut'nannerhollen kunnt. Man vun se's Aart her harrn se sik nich duller ünnerscheeden kunnt. Gudeline is aardig, flietig, fründlich un verstännig we'n, en richtig feine Deern. Bosine is leeg, rachsüchtig, unaardig, fuul un grootsnuutig we'n, un se hett all Undoeg in sik hatt, de dat up een Hupen geven kann. Man liekers hett de Mudder Bosine vel leever lieden mucht un hett ehr dat so licht maakt, as dat man geiht. Se hebben in en lütte Kaat in't Holt wahnt, 'nem nich faken een henkamen is, liekers dat nich wied af we'n is vun'e Stadt.

Nu schall Bosine wat lehr'n, un do bringt de Mudder ehr na Stadt in Deenst, 'nem ehr dat recht guut gahn deit. Un Gudeline mutt de lütte Weertschop föhren. Wenn se morrns de Zeg fuddert hett un hett dat eenfache Eten t'rechtmaakt un Stuuv un Koek utfegt un uprüümt, denn mutt se sik noch – wenn nich jüst wat anners anliggen deit – an't Spinnrad setten un spinnen. Wat se spunnen hett, dat verköfft de Mudder denn in'e Stadt, un vun dat Geld köfft se denn faken en Kleed för Bosine. Stackels Gudeline kriggt dar nie nich wat vun. Liekers hett se ehr Mudder leev, un kriggt se uck de heele Dag keen fründliche Gesicht un keen gude Woort vun ehr, so deit se doch liekers allens, wat de Oolsch ehr heeten deit, ahn Quarken un murrt nich mal in Gedanken.

Mal geiht de Mudder to Stadt. Gudeline geiht en Stück mit langs un helpt ehr drägen, wat se spunnen hett, un do seggt de Mudder to ehr, se schall man jo nich fuul we'n, wenn se weg is. Nee, seggt de Deern, se weet ja doch, ehr mutt keeneen an'e Arbeit drieven, un wenn se man eerst de Kaat uprüümt hett, denn will se uck vundaag flietig spinnen.

As se ehr Mudder dat Bünnel geven hett, geiht se wedder t'rügg na de Kaat, un as se Koek un Stuuv t'recht hett, do sett se sik an't Spinnrad un spinnt. Nu is se dat so wennt, wenn se alleen in't Huus is, denn singt se bi't Spinnen. Un so geiht se uck dütmal bi un singt mit helle Stimm all de Leeder, de se kennen deit. Do hört se mitmal buten Perdestampen. Na, denkt se, wokeen is denn nu darhen verbiestert. Do will se doch mal nakieken. Se steiht up vun ehr Spinnrad un kickt rut ut dat lütte Finster. Do süht se en junge Mann dalstiegen vun sin kralle Perd. Dat is mal en smucke Herr, fluustert se bi sik un steiht ümmer noch an't Finster. Sin Pelz un de Mütz mit de witte Fedder, dat lett mal guut to sin swattkruse Haar. Nu binnt he sin Perd an un geiht na de Kaat ran. Se mutt doch mal tosehn, wat he will, denkt se.

Do kümmt de junge Herr uck al to Dör rin, denn to de Tied hett dat noch keen Grindel un keen Slott geven, un liekers is keeneen wat wegkamen. De Herr bütt Gudeline de Dagstied un se em ja uck un fraagt em, wat he will. Wat Water to drinken, seggt he, he is bannig dörstig. He schall sik man dalsetten, seggt se, se will em foorts wat bringen.

Denn nimmt se de Kroos, spöölt 'n rein ut un haalt frische Water ut'e Soot. Se wull em geern wat Beteres anbeeden, seggt se, man se hett nix anners. O, seggt de Herr, se schall man tokieken, wodennig em dat smeckt hett, seggt he un gifft ehr de leddige Kroos wedder. Gudeline stellt 'n wedder hen, 'nem 'n henhört, un se ward dat gar nich wies, dat de Herr ehr wieldes en Büdel mit Geld ünner't Kissen staken hett. He seggt velen Dank för de frische Drunk, un wenn ehr dat recht is, seggt he, denn so will he de anner Dag wedderkamen. Wenn em dat Spaaß maakt, seggt se, denn schall he man driest kamen. Denn gifft he Gudeline de Hand, geiht rut, klabastert up sin Perd un ritt afste'. Gudeline sett sik wedder an ehr Spinnrad, man se hett ümmerto de junge Mann sin Bild vör Ogen. So faken is ehr de Faden noch nie nich afreten as vundaag!

Avends kümmt de Mudder na Huus un vertellt dar en Barg vun, wat Bosine al allens kennen deit, un dat se elkeen Dag smucker ward. Toletzt fraagt se, um Gudeline nich wat hört hett, dar schall en grote Jagd togangen we'n hebben. Och ja, seggt Gudeline, dat hett se heel un deel vergeten un vertellen ehr, dar is en Herr bi se inkehrt. He hett ehr um wat Water beden, un dat hett se em bröcht. He hett smucke Pelztüüg anhatt, seggt se. As se in'e Stadt we'n sünd, do hebben se uck Herren mit so'n Pelztüüg sehn un mit en Mütz mit witte Fedder. Un en Armbost hett he umhängt hatt. Dat is sachs een vun de Jägers we'n, seggt se. He hett drunken, seggt se, un denn hett he sik up sin swatte Perd sett un is wegreden. Man dat he ehr de Hand geven hett un toseggt hett, he will morrn wedderkamen, dar seggt se nix vun.

Avends maakt Gudeline de Betten torecht, un do fallt dar en sware Büdel mit Geld rut. Gudeline is heel verbaast, kriggt 'n up un gifft 'n ehr Mudder. De fraagt ja nu, wokeen ehr dat Geld geven hett. Keeneen, seggt se. Vellicht hett de Herr dat ja dar henstaken. Anners weet se nich, wodennig dat dar hen-

kamen we'n kann. Ehr Mudder maakt de Büdel led-
dig up'e Disch, un do sünd dat luder Goldstücken. So
vel Geld, wunnert sik de Oolsch. Dat mutt en rieke
Herr we'n. Vellicht hett he dat ja spitz kregen, wo
arm se sünd, un hett se wat Gudes doon wullt. Un se
wünscht em dar Gotts Segen för. Denn kleit se dat
Geld tohopen un packt dat weg in'e Kist.

Anners, wenn Gudeline to Bett geiht, denn slöppt se
foorts is, se is so möö' vun'e Arbeit. Man dütmal
kann se't nich, ümmer wedder hett se de Rieder sin
Bild vör Ogen, un eerst laat in'e Nacht kriggt de
Slaap ehr faat. Do dröömt se, se is in en grote Slott
un is de Fruu vun en mächtige Herr, un de dare
mächtige Herr is de Rieder, de se güstern sehn hett.
Dar is en grote Festeten mit en Barg Gäste. Upmal
geiht en grote swatte Katt up ehr los un haut ehr de
Klauen deep in't Hart, un ehr witte Kleed ward heel
un deel mit Bloot besprütt. In desülve Ogenblick
ward Gudeline schrien un ward waak. Dat is ja en
gediegene Droom, denkt se bi sik. Wodennig dat woll
to Enne geiht? Dat hett so fein anfungen, man de
dare gresige Katt hett allens toschannen maakt. Dat
bedüüdt sachs nix Gudes. Un darmit steiht Gudeline
up un geiht bi un trecken sik an. Anners bruukt se
dar nich vel Tied för, man dütmal kann se dat gar
nich akraat nugg henkriegen. Se flecht't ehr Haar
mit rode Bänner, dat deit se anners blots to Fier-
daag. Ehr Rock is man vun Beiderwand, man mit en
Band an'e Soom, darto en Snöörliev ut Damast un en
sneewitte Hemd. As se sik sodennig antrocken hett,
süht se richtig sööt ut. Denn geiht se an ehr Arbeit.

As dat up Middag geiht, do hett se keen Ruh mehr
an't Spinnrad. Ümmerto maakt se sik buten wat to
doon, blots för un warrn de Rieder wies. De lett nich

lang' up sik luern. Man as Gudeline em vun wieden up Sicht kriggt, do löppt se gau na ehr Spinnrad, dat he ehr man jo nich wies ward un nich meent, se hett na em utkeken. As he dar is, jumpt he vun't Perd dal, geiht na Stuuv rin un seggt ehr fein „Gu'n Dag". Gudelines Hart puckert so dull, ehr ward rein ehr Snöörliev to drang. Ehr Mudder is int Holt un sammelt Sprock, un sodennig is Gudeline alleen in't Huus. Se seggt em „Gu'n Dag" un seggt, he schall sik man dalsetten, un denn geiht se wedder an ehr Spinnrad. Um se hett guut slapen, fraagt de Jungkeerl un kriggt ehr Hand faat. Ja, seggt se. Wat se denn dröömt hett, will he weeten. Och, seggt se, dat weer en ganz gediegene Droom. De schall se em man vertellen, seggt he, he versteiht sik dar up un düden Dröme. Nee, seggt se, de kann se em nich vertellen. Warum nich, fraagt he. Se hett vun em dröömt, seggt se. Jüst darum mutt se em de Droom vertellen, seggt he. Un sodennig strieden se sik, man toletzt vertellt Gudeline em de Droom denn doch.

Süh, seggt he, bet up'e Katt kann ehr Droom wahr warrn. Wodennig se wull kann so'n Fruu warrn, seggt se. Um se nich will sin Fruu warrn, fraagt he. He maakt Spaaß, seggt se. Nee, seggt he, dat is keen Spaaß, he meent dat eernst, un he is extra kamen, he wull ehr fragen, um se em ehr Hand geven will.

Gudeline denkt en beten na, un denn gifft se de Rieder de Hand – mit en rode Kopp. Do kümmt ehr Mudder rin. De Jungkeerl bütt ehr de Dagstied un maakt denn nich vel Fisematenen, he seggt ehr foorts, he hett Gudeline leev un se em uck, un nu fehlt to se's Glück blots noch ehr Segen. He hett sin eegne Huus, seggt he, un he kann sachs en Fruu ünnerholen. Un för ehr, de Mudder, seggt he, is dar uck nugg Platz in sin Huus un an sin Disch. As de Oolsch dat hören deit, do is se foorts inverstahn. Un he seggt to Gudeline, se schall man flietig spinnen. Wenn se ehr Hochtiedshemd spunnen hett, will he wedder kamen un um ehr anholen. Denn gifft he ehr en Söten, gifft de Mudder de Hand, jumpt up sin swatte Perd un ritt gau afste'.

Vun do an geiht de Mudder vel fründlicher mit Gudeline um. För dat Geld, wat de Herr se darlaten hett, köfft de Oolsch uck allerhand för Gudeline, man dat meiste kriggt doch Bosine. Man dat is Gudeline puttegal, se freut sik to un sitten an ehr Spinnrad, spinnt flietig un denkt an ehr Brüdigam.

Sodennig vergeiht ehr de Tied, un ehrer se dat richtig wies ward, is dat Hochtiedshemd ferdig spunnen. Ehr Brüdigam mutt dat woll utrekent hebben, he kümmt jüst an de Dag, so as he dat toseggt hett. Gudeline löppt em in'e Mööt. He drückt ehr an'e Bost un fraagt ut Spaaß, um se hett ehr Hochtiedshemd ferdig. Ja, seggt se, dat hett se. Denn kann se man foorts mit em gahn, seggt he. Warum he dat denn so ielig hett, fraagt se. Ja, seggt he, he kann nich anners, morrn mutt he in'e Krieg trecken, un do will he geern, dat se to Huus sin Stä' innehmen deit, un wenn he wedderkümmt, dat se em as sin Fruu begröten deit. Man wat ehr Mudder dar woll to seggt, meent se. Se ward sachs tofreden we'n, meent he. Do gahn se na Stuuv rin na de Mudder, un he vertellt ehr, wat he vörhett. De Oolsch kickt wat füünsch, denn se hett bi sik en heel anner Plaan utheckt. Man wat schall se maken? Se mutt doon, as de rieke Brüdigam dat hebben will. As se dat Paar ehr Segen gifft, seggt de junge Mann to ehr, se schall man ehr Backsbern nehmen un na Gudeline kamen, dat se nich bang' we'n mutt. Wenn se na Stadt kümmt, denn so schall se man in de König sin Slott na Gudmund fragen, de Lüüd wiesen ehr denn al, wonem se hengahn mutt. Denn kriggt he Gudeline, de dar steiht to blarrn, bi de Hand, sett ehr vör sik up't Perd un jaagt afste'.

In de König sin Slott sünd en Barg Lüüd tohopen, all maken se sik praat för de Krieg. Man wecken stahn an't Door, un dat lett, as wenn se up een luern. Do kümmt de Rieder anreden, vör sik up't Perd de Deern, smuck as de helle Dag. „He kümmt!" bölken se, dat dunnert man so dör't Slott, un all laten se se's Arbeit liggen und lopen na't Door. As Gudmund mit Gudeline in'e Slottshoff reden kümmt, do drängeln se sik all ran, un as harrn se dat afmaakt, ropen se mit een Stimm: „Hooch unse Königin! Hooch unse König!" Gudeline is as in en Droom un weet nich, wat se dar vun denken schall. Um he denn is de König, fraagt se Gudmund un kickt em in't Gesicht. Ja, seggt he, dat is he, um ehr dat nich recht is. Ehr is dat eendoont, seggt se, wokeen he is, man warum he ehr sodennig anföhrt hett. He hett ehr nich anföhrt, seggt he, he hett ehr doch toseggt, ehr Droom ward wahr, wenn se sin Fruu ward.

To de Tied hebben se vör en Hochtied noch nich so vel Fisematenten maakt as nu. Wenn twee sik leev hatt hebben un de Öllern sünd inverstahn we'n, denn so is de Saak afmaakt we'n. Darum stellt Gudmund sin Gudeline foorts sin Lüüd vör, un denn gahn se all na de grote Saal un sitten dar bet laat in'e Nacht lustig bi't Eten. De neegste Dag seggt he Gudeline adjüs un treckt in'e Krieg.

As en Lamm, dat verbiestert is, sodennig geiht de junge Königin in dat feine Slott rum. Se harr sik vel leever in't Holt rumdreven un in ehr lütte Kaat luert, dat ehr Mann t'rüggkümmt, as hier, 'nem se sik gruu'n deit, as weer se in'e Frömm. Man dat duert nich lang'. In en halve Dag winnt se mit ehr Guutheit un ehr fründliche Wesen all de Lüüd se's Hart. De neegste Dag schickt se na ehr Mudder. De kümmt un bringt ehr Spinnrad mit. Nu is dat vörbi mit de Langewiel. Gudeline meent, ehr Mudder ward sik freu'n, wenn se hört, wat ehr Dochter wurrn is. Man de kickt vergrellt, se weer so'n Glück leever Bosine günnen. Dat argert ehr. Na en paar Daag seggt se to Gudeline, se weet woll, ehr Süster hett ehr allerhand Unrecht daan, man dat deit ehr leed. Se schall ehr dat doch man vergeven un ehr to sik nehmen. Dat harr se al vun Harten geern daan, seggt Gudeline, wenn se man harr annehmen kunnt, dat se na ehr kamen wull. Se woe'n ehr denn man foorts halen, seggt se.

De Königin lett anspannen. Denn setten se sik beid in'e Waag un fahren na't Holt. As se an'e Holtkant ankamen, stiegen se ut. Gudeline seggt to de Deener, he schall töven, un geiht mit ehr Mudder na se's Kaat. As se dicht bi de Kaat sünd, kümmt Bosine se in'e Mööt lapen, gifft ehr glückliche Süster en Söten un wünscht ehr, dat schall ehr ümmer so guud gahn. Denn gahn de leege Wiever mit ehr na de Stuuv rin. Man knapp is se binnen, do kriegen se ehr faat, un Bosine jaagt ehr en Mess in't Liev, dat hett se al praat hatt. Denn hau'n se ehr Hänne un Fööt af, steken ehr de Ogen ut un slepen de Rest in't Holt. Ogen, Fööt un Hänne wahren se up un nehmen se mit na't Slott. Se sünd bang, de König ward ehr nich

62

so leev hebben, wenn dar nich noch wat vun'e vörige Fruu in't Huus is. Bosine treckt Gudeline ehr Tüüg an un geiht mit ehr Mudder rut ut'e Kaat. Achter't Holt stiegen se in'e Waag un fahren na't Slott. In't Slott markt keeneen, dat dat nich de richtige Fruu is. Man de Deeners dücht, de Fruu is to Anfang netter we'n as nu.

Man stackels Gudeline is nich doot. Na en paar Stunnen kümmt se wedder to sik, un do markt se, en warme Hand eit ehr un drüppelt ehr Medizindrüppens in'e Mund. Wokeen dat is, weet se nich, se hett ja keen Ogen. As se sik denn na un na up allens besinnt, do klaagt se oever ehr unnatürliche Mudder un ehr leege Süster. Do seggt en liese Stimm blangen ehr, se schall man still swiegen un nich klagen, dat ward allens guut. Och, seggt se, wodennig dat denn woll angahn kann, wo se doch keen Ogen, keen Fööt un keen Hänne hett. Wat se denn daan hett, jammert se, dat ehr leege Mudder un ehr noch leegere Süster ehr so elend maakt hebben.

Wieldes geiht de ole Mann, de eerst mit ehr snackt hett, rut ut de Höhl, 'nem se sünd, un röppt dreemal. Do kümmt dar en Jung anlapen un fraagt em, wat he will. He seggt, he schall dar töven, bet he wedder dar is. Na en Tied kümmt he an mit en gollne Spinnrad un seggt to de Jung, he schall darmit to Stadt gahn, na de König sin Slott. Dar schall he sik darmit hensetten, un wenn em een fraagt, wat dat kosten schall, denn so schall he seggen, twee Ogen, un he schall dat keeneen geven, de em nich twee Ogen bringen deit. Mit de dare Updrag schickt he de Jung weg un geiht wedder na Gudeline.

De Jung geiht to Stadt un liek na't Slott rin, un dar
sett he sik mit dat Spinnrad dal bi't Door, jüst as
Bosine mit ehr Mudder vun en Spazeergang t'rügg-
kümmt.

Bosine süht dat feine Spinnrad, un do meent se, dar
kunn se sülven up spinnen. Un se geiht hen na de
Jung un fraagt, wat dat kosten schall. Twee Ogen,
seggt de Jung. Dat dücht ehr snaaksch, un se fraagt,
warum dat jüst twee Ogen kost't. Dat weet he nich,
seggt de Jung, sin Vadder hett em dat sodennig up-
dragen, un darum dörv he dat nich för Geld weg-
geven. Bosine kickt dat Spinnrad ümmerto an, un jo
mehr se dat ankickt, jo beter gefallt ehr dat. Upmal
ward se an Gudeline ehr Ogen denken. Un do seggt
se to ehr Mudder, as Königin mutt se doch wat heb-
ben, wat anners keeneen hett. Wenn de König na
Huus kümmt, denn schall se doch sachs spinnen, un
denn weer dat doch fein, wenn se up en gollne Spinn-
rad spinnen kunn. Se hebben doch Gudelines Ogen
upwahrt, seggt se, de woe'n se em dar man för geven;
se hebben denn ja ümmer noch de Fööt un de Hänne.
Un de Mudder, jüst so lichtsinnig as ehr Dochter, is
inverstahn. Bosine haalt gau de Ogen vun ehr Süster
un gifft se hen för dat Spinnrad.

De Jung löppt gau mit de Ogen na't Holt. As he na
de Höhl kamen deit, gifft he se de ole Mann un glitt
sik wedder af. De Ole geiht dar na Gudeline mit un
sett se ehr sachten in de Ogenlöcker in. Upmal kann
se wedder kieken. Do süht se en ole Mann vör sik
mit en lange, witte Baart, de em oever de Bost dal-
hängt, un mit en lange griese Mantel. De letzte
Strahlen vun de ünnergahn Sünn fallen dör de smal-
le Ingang up sin fründliche Gesicht, dat dat root
schemern deit. Gudeline kümmt dat so vör, as wenn

de leeve Gott sülven vör ehr steiht. Wodennig se em blots sin Leev t'rüggbetahlen kann, seggt se. Man he seggt, se schall man still swiegen un allens afluern. Denn geiht he weg un haalt up en holten Teller wat leckere Aaft un stellt dat up ehr Bett vun Bläder un Moss. Denn söcht he rode Eerdbern ut, un as en Mudder ehr Kind gifft he Gudeline wat to eten un lett ehr drinken ut en holten Beker.

De neegste Dag steiht de Ole fröh morrns wedder vör de Höhl un röppt na de Jung. As de anlapen kümmt, gifft he em en gollne Haspel un seggt, mit de dare Haspel schall he wedder in de König sin Slott ringahn un sik bi't Door dalsetten. Wenn em een fragen deit, wat 'n kosten schall, denn schall he seggen, twee Fööt, un he schall 'n blots de geven, de em dar twee Fööt för geven deit. De Jung geiht mit de Haspel afste', un de Ole geiht wedder t'rügg na de Höhl.

Bosine steiht jüst an't Finster un kickt dal in'e Slottshoff, as de Jung dar ankümmt mit de Haspel. Foorts löppt se hen na ehr Mudder un seggt, se schall doch blots mal kieken. An't Door, seggt se, dar sitt wedder de dare Jung, un he hett en wunnerbar smucke Haspel. Se ja dal na em un fragen, wat de Haspel kosten schall. Twee Fööt, seggt de Jung. Wat sin Vadder dar denn mit maken deit, woe'n se weeten. Dat weet he nich, seggt he, he fraagt nie nich na, warum düt oder dat sodennig we'n mutt. Wat he em heeten deit, dat deit he, un sodennig kann he se de Haspel för nix anners laten as för twee Fööt. Do seggt Bosine to ehr Mudder, se hett ja al dat Spinnrad, do schull se doch eegentlich uck de dare Haspel hebben. Se hebben doch Gudelines Fööt upwahrt, seggt se, de koenen se dar doch för geven, se hebben denn ja ümmer noch de Hänne. Se schall doon, wat se will, seggt de Mudder, un do haalt Bosine de Fööt, fein inwickelt, un gifft se de Jung för de Haspel. Denn geiht se t'rügg in ehr Stuuv un freut sik, un de Jung löppt gau wedder to Holts.

As he na de Höhl kümmt, gifft he de Ole de Fööt un glitt sik wedder af. De geiht dar rin in de Höhl mit, kriggt sik wat Salv her, smert dar wat vun up Gudeline ehr Wunnen un sett ehr de Fööt wedder an. Se will upspringen vun ehr Lager, man dat will de Ole nich hebben. Se schall ruhig liggen blieven, seggt he, bet se heel un deel gesund is, denn kriggt se Verlööv un stahn up. Dar mutt se mit tofreden we'n, un dat is se uck geern, se weet för wiss, de Ole will ehr nix Böses.

An'e drütte Dag fröh morrns röppt de Ole wedder na de Jung, gifft em en gollne Wock un seggt, he schall 'n uck to verkopen na de König sin Slott drägen. Fraagt em een, wat 'n kosten schall, denn schall he seggen, twee Hänne, un de em twee Hänne geven deit, de schall he de Wock geven.

De Jung kümmt in't Slott rin un sett sik dal bi't Door, do kümmt Bosine bi em anlapen, se geiht jüst mit ehr Mudder in'e Hoff rum. Wat de Wock kosten schall, fraagt se de Jung. Twee Hänne, seggt he. Dat is doch gediegen, meent se, dat he nix för Geld verkopen deit. Man he seggt, he kann nich anners, as wat em heeten is. Nu weet Bosine nich recht. De Wock is wunnerbar smuck, un se will 'n to un to geern to dat Spinnrad hebben för un puchen darmit. Man dat will ehr nich passen, dat se dar twee Hänne för geven schall, denn hett se ja nix mehr na vun Gudeline. Do fraagt se ehr Mudder, um se afsluuts wat vun Gudeline hebben mutt, för dat de König ehr jüst so leev

66

hett as ehr Süster. Tjä, seggt de Mudder, beter is dat, wenn se wat vun ehr beholen deit. Tominnst hett se ümmer hört, dat schall en gude Middel we'n för un beholen de Mann sin Leev. Man se schall doon, wat se will. Bosine denkt en beten na, man denn löppt se hen un haalt de beide Hänne un gifft se de Jung. Se is heel un deel oevertüügt, dat is nugg, dat se so smuck is. An'e Wock, dar is Flass an, dat glinstert duller as Sied, un dar is en rode Band um, un de Wock is vun idel Gold. Vull Freud geiht se hen un stellt 'n bi dat Spinnrad un de Haspel. Man de Mudder schüttkoppt un argert sik, wo doesig ehr Dochter is.

Wieldes is de Jung al wedder t'rügg. He gifft de Ole de Hänne un glitt sik af. De Ole geiht mit de Hänne na Gudeline, smert ehr Wunnen in so as de Dag vörher un sett ehr de Hänne wedder an. Knapp kann Gudeline ehr Hänne bewegen, do lett se sik nich mehr up ehr Lager hollen. Se springt up, fallt de Ole to Föten un küsst em de Hänne un seggt em ünner Tranen dusendmal Dank. T'rüggbetahlen kann se em dat nie nich, seggt se, dat weet se, man he schall vun ehr verlangen, wat he will, un wenn't noch so swaar is, se will dat vun Harten geern doon för em.

He will nix vun ehr, seggt de Ole un böhrt ehr up. Wat he för ehr daan hett, seggt he, dat harr he uck för elkeen anner daan, dat is sin Plicht. Nu schall se man so lang' dar blieven, bet een kümmt un halen ehr. To eten will he ehr schicken. Gudeline will noch wat seggen, man he verswinnt vör ehr Ogen, un se kriggt em nie nich wedder to sehn. Se löppt rut ut de Höhl, dat se Gott sin Welt wedder ankieken will. Nu ward ehr eerst klaar, wat ehr Gesundheit weert is. Un se smitt sik an'e Eerde un küsst 'n, un se umarmt de slanke Dannen, un denn reckt se wedder ehr Arms ut na de Stadt. Vellicht weer se dar hen gahn, man de Ole sin Wöör holen ehr dar fast.

Wieldes passeern dar in't Slott gediegene Saken. Reisen Lüüd kamen mit de Naricht, de König kümmt ut'e Krieg t'rügg. All freun se sik up'e gude Herr, mit de Fruu sünd se nich recht tofreden. Man Bosine un ehr Mudder warrn doch en beten bang', wodennig dat woll aflopen ward. Na en paar Daag kümmt de König. Mit en strahlen Gesicht löppt Bosine em in'e Mööt, un he drückt ehr düchtig an sin Hart. Nu is se nich mehr bang', dat he ehr kennen kunn.

Denn ward dar tostellt to en grote Festeten. Mit de König sünd en Barg Gäste kamen, de woe'n sik bi em utruhn un sik en beten amüseern. Bosine sitt blangen Gudmund un kann em gar nich nugg ankieken. De dare staatsche König mag se lieden, un se freut sik, dat ehr dat mit ehr Süster so fein slumpt hett.

Upletzt is dat Fest vörbi, un do fraagt Gudmund de, de he för sin Fruu holen deit, wat se de Tied oever maakt hett. Se hett sachs spunnen, meent he.

Dat stimmt, seggt Bosine, man ehr ole Spinnrad is tweigahn. Aver dar is en Jung kamen, seggt se, un de hett en wunnerbar smucke gollne Spinnrad anbaden, un dat hett se sik köfft statts ehr ole.

Dat schall se em doch mal wiesen, seggt de König, nimmt ehr bi de Hand un geiht mit ehr ut'e Saal. Se geiht mit em na de Stuuv, 'nem se dat Spinnrad upwahrt, un wiest em dat. Gudmund mag dat Spinnrad lieden. Se schall sik doch man dalsetten, seggt he, un dar up spinnen. He will ehr geern mal wedder spinnen sehn. Se lett sik nich lang nödigen un sett sik gau an't Spinnrad. Se drückt mit de Foot up'e Tritt, dat se dat Rad in Swung bringt. Do ward dat Spinnrad singen:

>   „Herr, gloov ehr nich, wat se di seggt.
>   Wat se vertellt, is all nich echt.
>   Din rechte Fruu se nie nich weer,
>   din Fruu is doot, umbröcht vun ehr."

Bosine sitt dar as vun'e Dunner röhrt. De König verfehrt sik, un verwunnert kickt he in de heele Stuuv rum, wonem dat dare Leed herkümmt. Man he kann keeneen wies warrn, un do seggt he, Bosine schall wieder spinnen. Mit bevern Hänne deit se dat. Man knapp fangt dat Rad an un dreihn sik, do geiht dat wedder:

>   „Herr, gloov ehr nich, wat se di seggt.
>   Wat se vertellt, is all nich echt.
>   Dootmaakt hett se ehr Süsterlin
>   un slep'e denn in't Holt ehr rin."

Bosine will gau weglopen. Man de König süht upmal, ehr steiht de Angst in't Gesicht, un do markt he, dat is nich sin leeve Gudeline. He kriggt ehr faat bi de Arm un se mutt sik dalsetten un wieder spinnen. Nochmal dreiht sik dat Rad, un wedder singt dat:

>   „Herr, stieg up din Perd gau rup
>   Un maak na't gröne Holt di up!
>   Din Fruu sitt in de Höhl dar lang'
>   un lengt da di, ehr leeve Mann."

Gudmund do nix as weg vun de leege Bosine, rut ut'e Stuuv, dal up'e Hoff un to de Lüüd seggt, se schoe'n sin flinkste Peerd sadeln. De Deeners verfehren sik oever dat Gesicht vun se's Herr, se rönnen, wat se koenen un doon, wat he se heeten hett. In en Ogenblink steiht en upsadelte Perd vör Gudmund, un knapp föhlt dat sin Sparen, do flüggt dat oever Stock un Steen, dat röhrt meist nicht an'e Grund.

De König kümmt in't Holt, man he weet ja nich, wonem he de Höhl finnen kann. He ritt liek to. Man as he en Stück reden is, springt upmal en witte Reh oever de Weg. Dat Perd verjaagt sik, dreiht na rechts af un rönnt mit sin Rieder dör Dick un Dünn. Toletzt blifft dat stahn vör en Barg. Gudmund stiggt af und binnt sin Perd an en Boom an, he will Gudeline to Foot söken. Eerstmal klarrt he an'e Barg tohööcht. Do süht he wat blinkern mang de Böme. He will weeten, wat dat is un klarrt wieder, un upmal steiht he vör en Höhl. Man wat en Freud för em, as he dar ringeiht un süht sin Gudeline! He fallt ehr um'e Hals, nimmt ehr in'e Arms, gifft ehr en Barg Sötens, un as he lang nugg ehr smucke Gesicht ankeken hett, do röppt he, wonem he blots sin Ogen hatt hett, dat he ehr nich vun ehr Süster, de dare Düvel, hett untenanner kennen kunnt.

Wat he denn vun ehr Süster weet, fraagt se, wokeen em wat vertellt hett. Vun dat Spinnrad weet se ja nix vun af. Do vertellt de König ehr allens, un se vertellt em, wat mit ehr passeert is, as he weg we'n is. Un as de Ole vun ehr weggahn is, seggt se toletzt, do hett en lütte Jung ehr elkeen Dag wat to eten bröcht.

Denn setten se sik dal in't Gras, un se bringt em wat Aaft up en Holtteller. Se eten wat un snacken, un denn nehmen se de holten Teller un de holten Beker mit to'n Andenken un klarrn de Barg dal. Gudmund sett sin rechte Fruu vör sik up't Perd un jagt na Huus mit ehr.

Sin Deeners luern al up em, se woe'n em mellen, wat in de Twischentied passeert is. Man se kieken heel verbaast, as se wies warrn, se's Herr bringt desülve Fruu wedder, de jüst vörher de Düvel dör de Luft weghaalt hett. De König markt dat un vertellt se kortaf, wat mit sin Fruu passeert is. Do sünd se all de leege Süster ehr Straaf günnen.

Dat gollne Spinnrad is verswunnen. Gudeline söcht ehr ole her un spinnt flietig Hemden för ehr leeve Mann. Keeneen in't heele Land hett so'n feine Hemden, un keeneen is so glücklich as König Gudmund.

Hans un Greeten

Wied buten in en Dörp hett en lütte Kaat stahn. Dar hett en Mann in wahnt mit sin Fruu un sin eenzige Dochter, de hett Greeten heeten. Dat sünd man eenfache Lüüd we'n, man ehrlich un ornlich, un Greeten is en richtig gude un en bannig smucke Deern we'n.

In dat dare Dörp hett dat mennig staatsche Buernhoff geven, man de beste vun se all is doch de, de Hans mal ganz alleen arven schall. Sin Vadder is doot, un sin Mudder reegelt nu de Kraam up'e Hoff, un Hans wahnt bi ehr un helpt mit; man so draa as he twintig Jahr oold is, denn schall he de Hoff oevernehmen. He is nich blots de riekste, man uck de düchtigste un smuckste Bengel in't heele Dörp. Wat Wunner, dat mehr as een Deern en Oog up em smeten hett – Greeten uck.

Mal kümmt Hans fröh morrns in'e Koek rin, un Greeten is jüst alleen. Un do seggt he to ehr: „Hör mal to, lütt Greeten, du büst ja en smucke un nette Deern, un ik mag di geern lieden. Ik will di geern mal to Fruu hebben, wenn du dar nu man noch de Mund vun holen kannst." – „Ja, velen Dank", seggt Greeten, „dar kann ik sachs de Mund vun holen."

Denn glitt Hans sik wedder af, un Greeten schall en Putt Grütt to Fröhstück kaken. Do nimmt se umschichtig een Hand vull Grütt un een vull Asch un röhrt dat tohopen, un darbi is se vull Freud. Denn kümmt ehr Mudder rut un süht, wat ehr Dochter dar tohopenkaakt, un do röppt se: „Minsch, Greeten, wat maakst du denn dar?" – „Och, Mudder", seggt Greeten, „ik freu mi ja so." – „'nem freust du di denn to?", will ehr Mudder do weeten. „Ja", seggt Greeten, „Hans hett seggt, he will mi to Fruu nehmen, wenn ik dar nu noch de Mund vun kann." – „Ja, dar koenen wi doch sachs de Mund vun holen", seggt ehr Mudder, un se röhrt de Grütt dörch un kippt 'n ut merrn up'e Koekendisch.

Denn kümmt de Mann un will mal sehn, wonem de beiden mit sin Fröhstück afblieven. „Wat maken I denn dar?", fraagt he. „O", seggen de beiden, „wi freu'n uns so." – „'nem freu'n I ju denn to?", fraagt de Mann. „Ja", seggt de Mudder, „Hans is hier we'n un hett seggt, he will Greeten to Fruu nehmen, wenn wi dar nu noch de Mund vun holen koenen." – „Dar kann een ja sachs de Mund vun holen", seggt de Mann, un denn geiht he rut un spannt dat Perd an't Achterenne vun'e Waag an.

Do kümmt Hans jüst vörbi un do fraagt he, „Minsch, wat stellst du dar denn up?" – „Och", seggt de Mann, „ik freu mi so." – „'nem freust du di denn to?", fraagt Hans. „Och, dat du seggt hest, du wullt unse Dochter to Fruu nehmen", seggt de Mann.

„Ja, dat *heff* ik uck seggt – wenn se dar nu noch de Mund vun holen kann; man dat kann se ja nich." Un do geiht Hans weg mit en dulle Kopp.

Lange Tied kriegen se Hans nich wedder to sehn. Toletzt kümmt se dat to Ohren, he hett anholen um en Grootbuer sin Dochter, un tokamen Sünndag schoe'n de Bruutlüüd vun'e Kanzel smeten warrn. Un se warrn dat eerste un dat tweete Mal vun'e Kanzel smeten, man as dat to'n drütten Mal vör sik gahn schall, do seggt Greeten to ehr Mudder: „Ik will vundaag to Kirch un noch eenmal mit min ole Leevste an'e Herrgottsdisch gahn." Un dat deit se uck.

As se all dat Avendmahl kregen hebben un wedder t'rügg gahn an se's Plätze, do fluustert Greeten in't Vörbigahn ehr Hans to: „Ik mag di ümmer noch geern lieden". Nu is sin Bruut ja uck in'e Kirch, un do fraagt se Hans: „Wat weer dat för'n Deern, de dar an di vörbigung un di wat toflustern dä?" – „Och", seggt Hans, „dat weer een, 'nem ik mal to seggt heff, ik wull ehr to Fruu nehmen, wenn se dar noch de Mund vun holen kunn. Man dat kunn se nich."

„Hett een al mal sowat hört", lacht de Bruut, „kunn dar nich de Mund vun holen! Ik heff doch al soeven Kinner kregen un heff dat noch keeneen vertellt bet nu, nu is mi dat so rutrutscht." As Hans dat hören deit, do springt he rut ut'e Kirchenstohl, un nie nich hett he wedder en Woort mit ehr snackt. Nu is he doch Greeten ehr Mann wurrn, un wenn se nich dootbleven sünd, denn so leven se vundaag noch glücklich tohopen.

De Veehjung

Dar is mal en arme Jung we'n, Jochen hett he hee-
ten, de hett Veeh wahrt, un up'e heele Welt hett he
keen Minsch hatt as bloots sin Steefmudder. Man de
Steefmudder, dat is en leege Wief we'n, de is em nix
in un nix an't Liev günnen we'n. De stackels Jung
hett dat bannig leeg gahn. De heele lange Dag hett
he mit dat Veeh up'e Weid rumtrecken musst, man
kregen hett he dar nix för, bloots morrns un avends
en lüerlütte Stück Brood.

Een Dag is de Steefmudder weggahn un hett nix dar-
laten to eten. Sodennig mutt de Jung dat Veeh nüch-
tern to Holts drieven, un wo he so bannig hungerig
is, ward he solte Tranen weenen. Man as dat up Mid-
dag geiht, do wischt he sik de Tranen af un geiht rup
up en lütte gröne Barg, dar ruht he sik ümmer ut,
wenn in'e Sommer de Sünn so hitt brennen deit.
Up'e Barg is dat ümmer frisch, un dar is Dau ünner
de Böme, man nu is de Dau weg, de Grund is dröög,
un dat Gras is daltrampt. Dat dücht Jochen gedie-
gen, un he wunnert sik, wokeen woll dat gröne Gras
dalpedd't hebben mag. As he dar sodennig in Gedan-
ken sitt, do ward he dar wat wies, dat flimmert un
glemt as de Sünn. De Jung löppt gau hen un kickt
na, un do finnt he dar en paar lüerlütte Stücken vun
dat wittste Glas. Do ward he wedder vergnögt, he
vergitt sin Hunger un spelt de heele Dag mit de dare
lütte Glasstücken.

As avends de Sünn achter dat Holt dalgeiht, do röppt
Jochen sin Veeh tohopen un drifft dat na Huus. He is
en Stück gahn, do kümmt em en lüerlütte Jung in'e
Mööt, de seggt fründlich „Gu'n Avend". Jochen seggt
uck „Gu'n Avend". De Lütte fraagt, um he hett sin

Glasstücken funnen, de hett he morrns in't gröne Gras verlaren. Ja, seggt Jochen, de hett he funnen. Man he schall se em doch man beholen laten, he will se geern sin Steefmudder geven, vellicht kriggt he denn en beten wat to eten, wenn he na Huus kümmt. De Jung ward nu ganz dull beden, he schall em doch sin Glasstücken t'rügg geven, en anner Mal will he em denn uck wedder deenen. Do gifft Jochen em de lütte Glasstücken wedder, un de Lütte freut sik, nickt em fründlich to, un weg is he.

Jochen kriggt sin Veeh tohopen un geiht na Huus to. As he up'e Hoff ankümmt, do is dat al düüster, un sin Steefmudder schimpt, dat he so laat kamen deit. Dar is noch Grütt in'e Schöttel, seggt se, he schall man gau eten un denn sehn un kamen to Bett, dat he de anner Morrn bitieden hoochkümmt as anner Lüüd. De stackels Jung waagt dat nich un seggen dar wat gegen, he itt un sliekert sik denn rup up'e Heuboehn, dar slöppt he ümmer. Man de heele Nacht dröömt he vun nix anners as vun de lütte Bengel un sin lütte Glasstücken.

Ehrer de neegste Morrn de Sunn in Oosten schienen deit, ward Jochen waak vun sin Steefmudder ehr Bölken, he schall sehn un kamen up, röppt se, he is en ole Fuuljack, dat is helle Dag, un dat Veeh schall nich stahn un hungern sinetwegen. He kümmt foorts hooch, kriggt en lütte Stück Brood un drifft sin Veeh up'e Weid. As he na de gröne Barg kümmt, 'nem ümmer Schatten is un 'nem dat köhlig is, do dücht em dat gediegen, de Dau is vun dat Gras afschüddelt un de Grund is droög, meist noch mehr as de Dag vörher. As de Jung dar nu so recht in Gedanken sitten deit, do ward he wat wies, dat liggt dar in't gröne Gras un schemert in'e Sünn. He löppt foorts hen un finnt en lüerlütte Mütz, de is root, un an all Sieden sünd dar lütte gollne Bimmeln an. Do freut he sik un vergitt sin Hunger, un de heele Dag spelt he mit de dare feine Mütz.

As avends de Sunn achter dat Holt dalgeiht, do sammelt Jochen sin Veeh tohopen un will dat na Huus drieven. He is en Stück gahn, do kümmt em en lüerlütte un bannig smucke Deern in'e Mööt. De Lütte bütt em fründlich „Gu'n Avend". Jochen seggt uck „Gu'n Avend". De Lütte fraagt, um he hett ehr Mütz funnen, de hett se morrns in't gröne Gras verlaren. Ja, seggt Jochen, de hett he funnen. Man se schall 'n em doch man beholen laten, he will 'n geern sin leege Steefmudder geven, vellicht kriggt he denn en beten wat to eten, wenn he na Huus kümmt. De Deern ward em nu bannig fein beden, he schall ehr doch man ehr Mütz t'rügg geven, en anner Mal will se em denn uck wedder deenen. Do gifft de Veehjung ehr de lütte Mütz wedder, un de Deern freut sik ganz dull, nickt em fründlich to, un weg is se.

Jochen kriggt denn sin Veeh tohopen un geiht na Huus to. As he up'e Hoff ankümmt, do is dat al pickendüüster, un sin Steefmudder hett lang' up em luert. Se is nu bannig vergrellt un seggt, ümmer mutt he so laat an'e Borg kamen, dat se de halve Nacht upsitten mutt un melken. Dar steiht noch Grütt in'e Schöttel, seggt se, he schall man gau eten un denn sehn un kamen to Bett, dat he de anner Morrn bitieden wedder hoochkümmt as anner Lüüd. De stackels Jung truut sik nich un seggen dar wat gegen, he itt un sliekert sik denn rup up'e Heuboehn, 'nem he ümmer slöppt. Man de heele Nacht dröömt he vun nix anners as vun de lütte Deern un ehr rode Mütz.

Fröhmorrns, noch ehrer dat schummern deit, ward de Jung wedder weckt vun dat gewöhnliche Bölken vun sin Steefmudder, he schall upstahn, de Fuuljack. Dat Veeh schall nich stahn un hungern wegen em. De stackels Jung steiht foorts up un maakt sik praat för un drieven dat Veeh up'e Weid. Man ehrer he lostrecken deit, geiht he noch na sin Steefmudder un fraagt um en lütte Stück Brood. Brood, seggt de leege Oolsch, so'n Doegnix as he hett keen Brood verdeent. Jochen mutt afste', hungerig as he is, un dat geiht em böös an de Nieren. As he nu rutkümmt in't gröne Holt un sett sik dal up'e Barg, 'nem he sik ümmer utruht, wenn de Sünn so hitt brennen deit, do dücht em dat gediegen, de Grund is noch dröger as de Daag vörher, un dat Gras is daltrampt in grote Krinken. Do ward he dar an denken, wat he hört hett vun de Lütte Lüüd: Se danzen in de Sommernachten in't dauige Gras, un do ahnt em, dat mutt so'n Danzring vun de Lütte Lüüd we'n. As he dar nu so sitten deit in deepe Gedanken, do stött he mit de Foot an en lütte Bimmel, de liggt dar in't Gras. Man de lütte Bimmel hört sik darbi so fein an, all dat Veeh kümmt tohopen un will tohören. Do ward de Jung wedder fideel un spelt mit de lütte Bimmel, he vergitt all sin Weh, un de Köh vergeten se's Weid. Un sodennig vergeiht de Dag vel gauer, as he dat dacht harr.

As dat Avend ward, un de Sünn steiht achter de Böme vun't Holt, do röppt Jochen sin Veeh un maakt sik praat, dat he wedder na Huus hen will. Man wat he uck locken un ropen mag, dat Veeh will nich weg vun'e Weid, denn dar wasst en Masse feine, gröne Gras. Do denkt de Jung, vellicht hören se beter up de lütte Bimmel. Sodenig kriggt he sin Bimmel rut un bimmelt, as he up'e Weg geiht. Foorts kümmt de Klingelkoh achter em ranlapen, un all dat anner Veeh achteran. Do freut Jochen sik, nu weet he, wo he de lütte Bimmel to bruken kann. As he sik nu up'e Weg maakt, do kümmt em en lüerlütte ole Keerl in'e Mööt. De Ole bütt em fründlich gu'n Avend, un de Jung seggt uck „Gu'n Avend". De Lütte fraagt, um he hett sin Bimmel funnen, de hett he morrns in't gröne Gras verlaren. Ja, seggt Jochen, de hett he funnen. De Ole seggt, he schall 'n em weddergeven. Nee, seggt de Jung, he is nich so doesig as he woll denken deit. Ehrgüstern, seggt he, do hett he twee lütte Glasstücken funnen, de hett em en lütte Jung afbedelt. Güstern hett he en Mütz funnen, de hett he en lütte Deern weddergeven. Un nu kümmt he un will em de lütte Bimmel nehmen, 'nem he so fein sin Köh mit locken kann. Annern, de wat funnen hebben, seggt he, de kriegen dar en Finnerlohn för, man he kriggt nie nich wat. Do versöcht de Lütte un besnacken em, dat he em doch man sin Bimmel weddergeven schall, man dat helpt all nix. Do seggt de Ole, he schall em doch man de lütte Bimmel weddergeven, denn so will he em dar en anner een för geven, 'nem he sin Veeh mit locken kann, un denn dörv he sik noch dree Dingen wünschen.

Süh, dat gefallt de Jung, un he is inverstahn. Un denn seggt he, nu he sik ja wünschen dörv, wat he will, do wünscht he, dat he König ward. Un denn wünscht he sik en grote Königshoff. Un denn wünscht he noch, dat he en ganz, ganz smucke Königin kriggt. Na, seggt de Lütte, dat is ja keen Lüttkraam, wat he sik wünschen deit. Man he schall sik marken, wat he em nu seggen deit. Vunnacht, seggt he, wenn se all slapen, denn schall he vun to Huus weggahn, bet he an en Königshoff kamen deit, de liggt recht na Noorden to. Un he gifft em en Fleut ut Knaak, wenn he in Noot kümmt, denn so schall he dar up blasen. Kümmt he nochmal in grote Noot, denn schall he dar nochmal up blasen. Man kümmt he dat drütte Mal in grote Gefahr, denn so schall he de Fleut tweibreken, un he will em helpen, so as he dat toseggt hett. Jochen bedankt sik düchtig bi de Ole för dat Geschenk, un de König vun de Lütte Lüüd (denn de is dat we'n), de geiht weg. Un Jochen geiht na Huus un freut sik, dat he bald nich mehr dat Veeh vun sin leege Steefmudder up'e Weid drieven mutt.

As de Jung to Huus ankümmt, do is dat al picken-düüster, un sin Steefmudder hett al lang' luert, dat he na Huus kümmt. Se is nu bannig vergrellt, un statts wat to eten kriggt de stackels Jung wat up'e Jack. Na, denkt he bi sik, düt duert sachs nich mehr so lang', un sliekert sik up'e Heuboehn. Dar leggt he sik dal un slöppt en Stoot. Man hen to Middernacht, lang' ehrer de Hahn kreiht, do steiht Jochen up, geiht sachten vun de Hoffstä' un maakt sik up'e Weg recht na Noorden to, so as de Ole dat seggt hett. Ahn Rast un Ruh schechelt he oever Bargen un Slunken, tweemal geiht de Sünn up un tweemal wedder dal, un he is ümmer noch ünnerwegens.

An'e drütte Dag, hen to Avend, kümmt Jochen an en Königshoff, de is so groot, he kann sik nich besinnen, dat he sowat al mal sehn hett. De Jung geiht liek in'e Koek un fraagt um en Deenst. Wat he denn weet un kann, will de Huus- un Hoffmeister weeten. He kann mit dat Veeh up'e Weid gahn, seggt Jochen. Do meent de Huus- un Hoffmeister, de König bruukt en düchtige Veehwahrer, man dat ward mit em sachs

jüst so gahn as mit all de annern, un he sett elkeen
Dag en Stück Veeh vun sin Flock to. De Jung antert,
he hett noch nie nich en Deert verlaren, 'nem he
Veeh wahrt hett. Do nehmen se em in Deenst an'e
grote Königshoff, un he wahrt de König sin Veeh.
Man nie nich ritt em de Wulf uck man een Deert, un
sodennig hett he en gude Nummer mang all de Kö-
nig sin Lüüd.

Een Avend, as Jochen sin Veeh na Huus drieven
deit, ward he en smucke Deern wies, de steiht an't
Finster un hört sin Singen to. Jochen lett sik nix
marken, liekers em dat heel warm ward ünner de
West. Sodennig geiht dat en Tied, un Jochen freut
sik ümmer, wenn he de Deern süht, man he weet
noch nich, dat is de König sin Dochter. Do kümmt
dat een Dag mal so, dat de Deern bi em ankümmt, as
he sin Veeh up'e Weid drifft. Se hett en lütte, snee-
witte Lamm mit, un se seggt heel fründlich to em, he
schall doch ehr lütte Lamm vör de Wülf in't Holt
wahren. Darbi ward Jochen so gediegen tomoot, he
kann nich snacken un nich antern. He nimmt dat
Lamm nu mit, un he hett dar grote Spaaß an un
wahren dat. Dat Deert is aver uck so nüdlich to em
as en Hund, de mit sin Herr spelen deit. Vun de Dag
an kriggt Jochen de smucke Königsdochter faken to
sehn. Wenn he morrns na de Weid drifft, denn steiht
de Deern an't Finster un hört sin Singen to. Man
an'e Avend, wenn he vun't Holt na Huus kümmt,
denn geiht se dal un eit ehr lütte Lamm un snackt
en paar fründliche Wöör mit Jochen.

Sodennig geiht dat en ganze Tied. Jochen ward en
smucke Jungkeerl, un de Königsdochter wasst ran
un ward de smuckste junge Deern, de 'n wied un sied
finnen kann. Liekers kümmt se elkeen Avend un eit

ehr Lamm, as se dat wennt is. Man een Dag, do is de Prinzessin mitmal weg, un keenen kann ehr wedderfinnen. Do gifft dat grote Truer un Stahoi an'e heele Königshoff, denn se moegen ehr all geern lieden. Man de König un de Königin, de truern an allerdullsten. Do lett de König Bott gahn dör't heele Land, de sin Dochter wedderbringt, de schall ehr to Fruu un darto dat halve Königriek hebben. Do kamen de Königssoehns un Jungkeerls un Ridders vun Oosten un vun Westen. Se kleeden sik in Iesen un trecken mit Wapen un Lüüd afste', se woe'n de wegslepte Deern söken. Man vel sünd dat nich, de dar wedderkamen vun dat Ünnernehmen, un de wedderkamen doon, de hebben nix hört un sünd nix wies wurrn. Do warrn de König un de Königin noch truriger, un se meenen, de Schaden, de se leden hebben, de kann nie nich wedder guutmaakt warrn. Jochen drifft as ümmer sin Veeh in't Holt, man he is nich mehr vergnöögt. Ümmerto mutt he an de smucke Königsdochter denken.

Mal bi Nacht, as Jochen slöppt, do dücht em, de König vun de Lütte Lüüd steiht vör sin Bett un seggt: „Na Noorden, na Noorden, dar finnst du din Königin!" Do freut de Jung sik un jumpt tohööcht, un as he waak ward, süh dar, do steiht de Lütte dar noch un winkt: „Na Noorden, na Noorden!" Denn is de Ole weg, un Jochen weet nich recht, is dat wahr, oder hett he dat man bloots dröömt? As dat denn Dag ward, do geiht de Jung rup na't Slott un verlangt, he will mit de König snacken. Dar wunnern de König sin Deeners sik oever, un de Huus- un Hoffmeister seggt, he hett so vel Jahren dat Veeh wahrt, do kann he sachs mehr Lohn un Kost kriegen, dar bruukt he nich eerst mit de König um snacken. Man he blifft darbi un seggt, he hett ganz wat anners in'e Sinn. As he denn rupkümmt in'e Saal, do fraagt de König em, wat he will. Do seggt Jochen, he hett em ja lange Jahren truu deent, un nu wull he geern Verlööv hebben un trecken afste' un söken de Prinzessin. Do ward de König dull un seggt, wodennig he, de mit dat Veeh up'e Weid geiht, wodennig he dat denn woll klaarkriegen will, wat keen Ridder un keen Königssoehn kunnt hett. Man Jochen antert driest, he will de Prinzessin finnen oder sin Leven för ehr laten. Do beruhigt de König sik en beten, un em kümmt dat ole Woort in'e Sinn: „Faken sitt dar en Scharlacken-Hart ünner en Jack vun Watten[1]." Un do gifft he Order, Jochen schall up't Beste utrüst't warrn mit Perde un allens, wat he bruken deit. Man Jochen seggt, he passt nich up en Perd, he schall man blot inverstahn we'n un em Verlööv geven un nugg to eten up'e Weg. Do wünscht de König em Glück up'e Weg; man all de Deeners un Lüüd an de König sin Hoff lachen oever dat Waagstück, wat de Veehjung vörhett.

Jochen geiht nu na Noorden to, so as de König vun de Lütte Lüüd em dat seggt hett, un he geiht un geiht so wied, he hett dat sachs nich mehr wied na't Enne vun'e Welt. He is oever Bargen un eensame Stieg'en reist, do kümmt he toletzt an en grote See. Merrn in'e See is en smucke Insel, un up'e Insel liggt en Königshoff, noch vel staatscher as de, 'nem he herkamen is. Jochen geiht dal an'e Strand un kickt sik de Königshoff vun all Sieden an. As he dar so steiht un kickt, do ward he en Deern wies mit feine gele Haar, de steiht an't Finster un winkt mit en

---

[1] Loden

Siedenband, so een as de Königsdochter ehr Lamm ümmer umhatt hett. Do hoppt de Jung dat Hart in'e Bost, denn he denkt, de dare Deern kann keen anner we'n as de Prinzessin. He sett sik dal un oeverleggt, wodennig he oever dat Water henkamen kann na de grote Königshoff, man em fallt nix in. Do kümmt em dat in'e Sinn, he kunn dat ja mal versöken, um de Lütte Lüüd em helpen. Un so kriggt he sin lütte Knakenfleut rut un blaast en lange, utholen Toon. „Gu'n Avend", seggt foorts en Stimm achter em. „Gu'n Avend", seggt Jochen uck un dreiht sik um. Do steiht vör em de lütte Bengel, de sin Glasstücken he mal in't gröne Gras funnen hett un fraagt, wat he vun em will. Jochen seggt, he schall em doch man oever de See na de Königshoff bringen. Denn schall he sik man up sin Rügg setten, seggt de Lütte. Jochen deit dat, un foorts verännert de Lütte sik un ward to en ganz, ganz grote Haafk, de flüggt dör de Luft un lett nich na, bet se up'e Insel anlangt sünd, so as Jochen dat hett hebben wullt.

De Jung geiht nu rup up't Slott un fraagt um en Deenst. Wat he denn versteiht, wat sin Warf is, will de Huus- un Hoffmeister weeten. He kann mit Veeh up'e Weid gahn, seggt Jochen. De Huus- un Hoffmeister seggt, de Ries hett jüst en düchtige Veehwahrer nödig, man vellicht geiht em dat nich anners as de annern. Wenn he jichens en Deert verleern deit, denn so kost' em dat sin Leven. Dat dücht em en harde Bedingen, meent Jochen, man he will dat annehmen. Do heet de Huus- un Hoffmeister em willkamen un seggt, he schall de anner Dag sin Deenst anfangen.

Jochen geiht nu mit de Ries sin Veeh na de Weid un singt sin Leeder un klingelt mit de Bimmel so as ümmer. Un de Königsdochter sitt an't Finster un hört to un winkt em to, he schall sik nix marken laten. Avends drifft he dat Veeh denn wedder ut dat Holt na Huus. Do kümmt em de Ries in'e Mööt un seggt, de Jung steiht mit sin Leven in för dat Stück, wat dar fehlen deit. Man de Ries mag tellen so vel, as he will, dar fehlt uck nich een Deert. Do ward de Ries fründlich un seggt, Jochen schall för ümmer sin Veehwahrer blieven. Denn geiht he dal an'e Strand, smitt sin Töverboot los un reemt dreemal um'e Insel, so as he dat ümmer deit.

As de Ries weg is, do stellt de Königsdochter sik an't Finster un singt:

> „To Nacht, to Nacht, min Veehwahrer,
> denn so ward düüster min Steern.
> Un kümmst du denn, denn warr ik din,
> de Kroon gev ik di geern."

Jochen hört dat Singen un versteiht, he mutt bi Nacht kamen un maken de Königsdochter frie. He geiht weg, man he lett sik nix marken. Laat in'e Nacht, as allens deep in Slaap liggen deit, do sliekert he wedder hen na de Toorn, stellt sik ünner dat Finster un singt:
> „To Nacht luert up di de Veehwahrer,
> steiht trurig an'e Trallen;
> un kümmst du dal, denn warrst du min,
> wenn wied al de Schattens fallen."

De Königsdochter flustert, se is fastmaakt mit gollne Keden, he schall kamen un se tweirieten. Do weet he sik keen Raat. He nimmt sin lütte Fleut un blaast en lange, utholen Toon. „Gu'n Avend", seggt do foorts een achter em. „Gu'n Avend", seggt Jochen uck un kickt sik um. Do steiht vör em de ole Keerl vun de

Lütte Lüüd, de em mal de Bimmel un de Knaken-
fleut geven hett. Wat he vun em will, fraagt de Ole.
Jochen seggt, he schall em un de Prinzessin doch
man vun dar wegbringen. Do geiht de Lütte mit em
rup in'e Toorn un na de Deern ehr Buur. De Borgdör
springt vun sülven up, un as de Ole de Ked anfaten
deit, geiht 'n in Stücken. Denn gahn se all dree dal
na de Strand. Dar singt de Ole:

> „Lütte Hekt, in't Reet de Maand sackt.
> Kumm, kumm nu man gau.
> De Prinzessin ritt denn bi di up'e Nack
> un en mächtige König darto."

Foorts kümmt de lütte Deern, de ehr Mütz Jochen
mal in't gröne Gras funnen hett. Se hoppt rin in'e
See un ward to en grote Hekt, de spaddelt lustig in't
Water. Do seggt de König vun'e Lütte Lüüd, de bei-
den schoe'n sik up'e Rügg vun'e Hekt setten. Man de
Prinzessin dörv nich bang warrn, eendoont, wat pas-
seert, anners hett he keen Macht mehr, seggt de Ole,
un weg is he. Un Jochen un de smucke Königsdoch-
ter, de doon, wat he se seggt hett, un de Hekt bringt
se gau dör de Wellen.

Wieldes hollt de Ries Wach up'e Boehn. He kickt ut't
Finster und ward wies, dat de Veewhahrer mit de
junge Königsdochter utneiht oever't Water. Foorts
maakt he sik to en Adler un flüggt achter se ran. As
de Hekt de Flünkenslag vun de Adler hören deit,
dükert 'n deep dal in't Water. Do ward de Königs-
dochter bang' vun un kriescht luut up. Do is dat ut
mit de Macht vun de König vun de Lütte Lüüd, un
de Ries kriggt de beide Utbüxten faat mit sin
Krallen. As he wedder na de Königshoff kümmt, do
lett he Jochen in en düüstere Lock smieten, en

föftein Faden deep ünner de Eerde. Un de Prinzessin sett he in't Jumfernbuur, un se passen sodennig up ehr up, dat se nich utneih'n kann.

Jochen liggt nu inspunnt in't Kaschott, un em is leeg tomoot, kann he doch nich de Prinzessin frie maken, un sin Leven hett he uck verspelt. Do ward he dar mitmal an denken, wat de Ole do seggt hett: Wenn he dat drütte Mal in grote Gefahr kümmt, denn so schall he de lütte Fleut tweibreken, un denn will he em helpen. Wo Jochen dat nu klaar is, dat he nie nich wedder an't Licht kamen schall, do nimmt he de lütte Knakenfleut un brickt 'n twei. „Gu'n Avend", hört he in'e sülve Ogenblick en Stimm achter sik. „Gu'n Avend", seggt he wedder un kickt sik um. Do steiht vör em de lütte Ole un fraagt, warum he em rapen hett, wat he will. Jochen seggt, he will de Prinzessin frie maken un na Huus na ehr Vadder bringen. Do nimmt de Ole em mit, un se gahn dör to'e Dören un dör en Barg prachtvulle Stuven. Toletzt kamen se in en grote Saal, de is vull mit allerhand Wapen, Swerter, Speten un Äxen, wecken darvun schemern as blanke Stahl, wecken as reine Gold. De Ole fengt en Füer an up'e Füerstä' un seggt to Jochen, he schall sik uttrecken. He deit dat, un de Lütte verbrennt sin ole Tüüg. Denn geiht de Ole ran an en grote Iesenkist un kriggt dar en prachtvulle Mundeerung rut, de schemert vun't reine Gold. De schall he antrecken, seggt he to Jochen. De deit dat. As Jochen nu vun Kopp bet Fööt in vulle Mundeerung dar steiht, do binnt de Ole em en en scharpe Swert um un seggt, dat is vörbestimmt, de Ries schall fallen vun dat dare Swert, un dör de dare Mundeerung, dar geiht keen Stahl dör. Jochen föhlt sik guut topass in de gollne Mundeerung, un he geiht dar in so stolt, as weer he de boeverste Königssoehn. Denn gahn se wedder t'rügg na dat düüstere Kaschott. Jochen bedankt sik bi de König vun de Lütte Lüüd för sin Hülp, un so gahn se ut'nanner.

Hen to Morrn gifft dat en grote Larm un Stahoi an'e heele Hoff, denn de Ries fiert Hochtied mit de smucke Königsdochter un hett all sin Fründschop to en Festeten inladen. De Prinzessin ward nu düchtig utstaffeert mit gollne Kroon, rode Ringen un anner kostbare Putz, dat hett de Ries sin Mudder mal sülven dragen. Denn ward dar Hochtied fiert mit allerhand Hopphei, un dat mangelt nich an Natt noch Dröög. Man de Bruut weent ümmer so ünner sik weg, un ehr Tranen sünd so hitt, de brennen ehr up'e Back as Füer.

As dat denn to Nacht geiht will de Ries sin Bruut in'e Bruutkamer föhren, un do schickt he wecke Deensten hen, se schoe'n de Veehwahrer ut sin Kaschott halen. Man as se dalkamen in'e Toorn, do is de inspunnte Keerl nich mehr dar, do steiht dar en Ridder mit Swert, Panzer un vulle Wapen. As de Knechten em sehn, do warrn se bang' un neihn ut, man Jochen kümmt achter se ran, un sodennig kümmt he rup up'e Slottshoff, 'nem de heele Flock Gäste tohopen is, se woe'n tokieken, wodennig he um'e Eck bröcht ward. As de Ries de Ridder wies ward, do ward he dull un bölkt: „Haal di de Düvel, du Hallunk!" Darbi sünd sin Ogen so scharp, he kann liek dör de Panzer dörkieken. Man Jochen ward nich bang', he seggt, de anner schall mit em um sin smucke Bruut strieden. De Ries will nich stahn blieven, he wiekt ut; man Jochen treckt sin Swert, un dat lücht't as en Füerflamm. As nu de Ries dat Swert kennen deit, 'nem he vun fallen schall, do verfehrt he sik, ward blass un kickt dal an'e Grund. Man Jochen geiht driest up em los, böhrt sin Swert hoch un haut eenmal düchtig to un haut de Ries de Kopp vun'e Rump. Do is dat to Enne mit de Ries.

As de Hochtiedsgäste dat sehn, do kriegen se dat all mit'e Angst, un neih'n ut, elkeen rin in sin Lock. Un de Königsdochter löppt hen un bedankt sik bi de drieste Veehwahrer, dat he ehr rett't hett. Se gahn denn dal an'e Strand vun'e See, smieten de Ries sin Töverboot los un rojen weg vun'e Insel. As se denn na Huus kamen an'e Königshoff, do is dar idel Freud, un de König is rein ut'e Tüüt, dat he sin eenzige Dochter wedder hett, 'nem he so lang' um truert hett. Denn ward dar en prachtvulle Hochtied up'e Beens stellt, un de Veehwahrer kriggt de smucke Königsdochter. Do hebben se denn glücklich un vergnöögt noch vele, vele Jahren tosamen levt un hebben se's Kinner ranwassen sehn. Man de Bimmel un de tweie Knakenfleut, de warrn to'n Andenken an'e Königshoff upwahrt, vundaag noch.

De griese Keerl

Dar is mal en König we'n un en Königin in se's Riek un en ole Mann mit sin ole Fruu in se's rummelige ole Kaat. De dare König is bannig riek we'n an all Slag'en vun Veeh, aver he hett man een Kind hatt, en Dochter, de hett mit ehr Deensten in en feine Fruenhuus wahnt.

De ole Mann in'e Kaat is bannig arm we'n. He hett keen Kinner hatt, un levt hett he mit sin Fruu vun se's eenzige Koh.

Mal geiht de ole Mann – as faken – to Kirch. Do predigt de Preester jüst vun't Geven un wodennig dat lohnt warrn schall. As de Mann ut de Kirch t'rügg-kümmt, do fraagt sin Fruu em, wat he dütmal Gudes ut'e Predigt mitbröcht hett.

De Ole hett bannig gude Luun un seggt, vundaag is dat en richtige Vergnögen we'n un hören de Preester. He hett seggt, de wat geven deit, de kriggt dat du-sendfach wedder.

De Fruu denkt sik, dat dörv 'n sachs nich so genau nehmen, un se meent, ehr Mann hett de Preester sin Wöör sachs nich richtig verstahn. Man de Ole blifft dar stuur un stief bi, un sodennig strieden se sik mehr as en Stunn, un keen will de anner nageven.

De neegste Dag geiht de Ole los un hüert en Barg Ar-beitslüüd an, un de lett he en Stall buun för dusend Köh. De Fruu is splitterndull oever sin Doesigkeit, as se dat nöömt. Man se kann un kann em dar nich vun afbringen. As de Stall ferdig is, denkt de Ole na, wo-keen he sin Koh geven kann. Man he kennt keeneen, de so riek is, dat he em kunn dusend Köh för een geven, blots de König sülven. Man dar kann he ja nich guut hengahn, dat süht he doch in.

Do denkt he toletzt, he will man na de Preester gahn. He weet, de hett Geld up'e Borm vun'e Kist, un denn mutt he ja uck to sin eegne Wöör stahn. So geiht de arme Katenmann denn mit sin Koh afste', wat sin Oolsch uck schimpen un zackereern mag.

He kümmt bi de Preester an un seggt to em, he much doch so guut we'n un nehmen dat lütte Geschenk an, wat he mitbröcht hett. De Preester maakt grote Ogen un seggt, he schall em dat en beten neeger ver- klookfiedeln. Do kriggt he dat denn ja to hören, wo- dennig dat Heele tohopenhängen deit, un wat de Anner vör sin Geschenk vun em hebben will. Do maakt de Preester denn ganz anner Ogen, un he schimpt de Ole düchtig ut, dat he nich beter up'e Predigt hört hett un nu mit so'n ahnweetene Tüün- kraam ankümmt. Un nu schall he blots sehn un ka- men wieder mit sin Koh, seggt he heel streng, un dat en beten gau. Do geiht de Katenmann denn wedder um mit sin Koh, un he is heel untofreden mit sin Warv.

As he dar so mit en vergrellte Kopp vör sik hengahn deit, gifft dat mitmal en pickswatte Unwedder mit Noordooststorm, Frost un Snee. He kann nich een Tritt wied vör sik sehn un verbiestert heel un deel. Do denkt he, dat duert sachs nich lang' un he mutt sin Koh loslaten un kann froh we'n, wenn he sülven mit heele Huut wegkamen deit. Sodennig biestert he rum un denkt al an de Dood un an anner leege Sa- ken, do kümmt em en Mann in'e Mööt, de hett en grote Sack up'e Rügg.

Wat he denn bi so'n Wedder mit sin Koh buten ma-
ken deit, fraagt de Mann. Do vertellt de Ole em, wat
dat darmit up sik hett. Na, seggt de Mann, een Deel
is wiss, sin Koh geiht he verlustig, wenn he man nich
uck noch sin Leven tosetten deit. Dat is beter, seggt
he, he gifft em de Koh för de dare Sack, de he up'e
Rügg hett. De kann he tominnst noch na Huus sle-
pen, un dar is Fleesch un Been in.

Un so as de Mann dat vörslaan hett, so kümmt dat
uck, wenn dat uck swaar is un kriegen de Ole darto.
De anner kriggt de Koh un geiht dar af mit, un de
Katenmann geiht mit de Sack up'e Nack na sin Kaat
to un hiemt un puust't ünner de Last, de dücht em
bannig swaar. As de Ole to Huus ankümmt, vertellt
he sin Oolsch, wodennig em dat gahn hett, un deit
bannig wichtig mit de Sack. De Oolsch sleit de Hän-
ne oever de Kopp tohopen un schimpt em ut. Man
ehr Mann seggt, se schall leever en Graap mit Water
up'e Füer stellen. Do kriggt se denn de gröttste Putt
her, de se finnen kann, un deit dar Water rin. As dat
kaken deit, geiht de Mann bi un knütten de Sack up.
Man do kümmt dar upmal Leven rin, dat roegt un
bewegt sik dar in, un as he de Sack up hett, do
springt dar en lebennige Keerl rut, de hett vun
baven bet nedden griese Tüüg an, un de seggt, wenn
se kaken woe'n, denn schoe'n se dar wat anners to
nehmen, man nich em.

Do steiht de Ole nu ja heel verbaast dar, man sin
Oolsch schimpt un schandeert un seggt, dat kümmt
blots vun sin Doesigkeit. Eerst bringt he se um dat
Eenzige, 'nem se hebben vun leven kunnt, seggt se,
un se weeten nich wodennig dat gahn schall, un nu
haalt he se uck noch en lebennige Minsch an'e Hals,
de se dörchfuddern schoe'n. He is würklich en feine

92

Keerl, seggt se. Sodennig strieden de beiden sik en Tiedlang, man denn seggt de Griese, dat dare Strieden bringt ja nix. He will man mal rutkieken, um he nich wat to eten updrieven kann för se un för sik sülven. Vun se's Schimpen warrn se ja nich satt, seggt he.

Un bums! is he buten in'e Düüsternis. Man ehrer de beide Olen sik richtig berappelt hebben, is he al wedder dar, un dat mit en feine, fette Schaap. Dat schoe'n se man nehmen, seggt de Griese, un schoe'n dat slachten un se dar wat to eten vun kaken.

De Ole kleit sik achter't Ohr un kickt de Oolsch an, un se kickt em wedder an, un se weeten beide nich recht, wat se doon schoe'n, denn se koenen sik ja denken, dat dare Schaap is klaut. Man toletzt gahn se doch bi un doon, wat de Griese seggt hett, un nu leven se in Freud un Lust, so lang' as dar noch wat na is vun dat Schaap, un as dat all is, do haalt de Griese noch een, un denn noch een un noch een un noch een. Nu is de Griese se ja en leeve Gast, wo he so flink un so flietig is, un sodennig leven de Ole un sin Oolsch nu in Oevermaat vun Schaapfleesch.

Man nu moeten wi mal bi de König up't Slott rinkieken.

De König sin Schäper ward wies, em kümmt af un an en Schaap weg ut sin Flock. He kann sik gar nich denken, wodennig dat togahn deit, un as he al dat föfte Schaap fehlen deit, do geiht he na de König un vertellt em dat. Dar mutt sik en Deef in'e Naverschop rumdrieven, seggt he, anners weet he nich, wodennig em de Schaap wegkamen.

De König geiht nu sülven bi un versöcht un kriegen rut, um dar nich eenerwegens sünd nüe Lüüd henkamen, un do kriggt he upletzt to weeten, dar is en Keerl sehn wurrn, de kennt keeneen, un de huust in'e Kaat vun de beide ole Lüüd.

He schickt en Deener na de Kaat mit de Updrag, de frömde Keerl schall foorts henkamen na de König. De beide ole Lüüd verfehren sik bannig un sünd bang', se verleern nu de, de se versorgt hett. Denn dat is ja klaar, he ward as Deef uphängt. Man de Griese is foorts praat un gahn hen na de König.

As he dar ankümmt, do fraagt de König em, um he dat is, de em de fiev Schaap klaut hett. Ja, seggt de Griese, dat hett he daan. Un warum he dat daan hett, will de König weeten. De beide Olen dar nedden in de Kaat, seggt de Griese, de sünd nich kumpabel un versorgen sik sülven, se hebben nix to eten. Man he, de König hett vun allens in Oevermaat. He hett mehr, as he bruken deit, seggt he, un mehr to eten, as he sülven vertehren kann. Darför dücht em dat richtiger, wenn de beide Lüüd dat, wat se bruken, vun dat kriegen, wat he, de König, nich bruken deit, wo he doch in so'n Oevermaat leven deit.

De dare Snack dücht de König doch snaaksch, un he fraagt de Griese, um he denn keen anner Kunst lehrt hett as Klau'n. Dar weet de anner nix up to seggen. Do seggt de König, he will de neegste Dag sin Lüüd to Holts schicken mit sin fievjoehrige Oss. Kriggt he dat klaar un klau'n se de dare Oss, denn so will he em allens vergeven. Man verglippt em dat, denn so schall he uphängt warrn.

Dat is ja heel unmoeglich, meent de Griese, de König lett de Oss sachs guut wahren. Ja, seggt de König, dat is sin Saak. Wodennig he dat maakt, dat geiht em, de König, nix an.

De Griese geiht denn wedder na Huus na de Kaat, un de beide Olen freuen sik, dat he wedder dar is. He fraagt de Lüüd um en Tau, de neegste Morrn bruukt he een. Do söcht de Ole denn uck en ole Tau rut, un denn slapen se all dree de heele Nacht. In Schummern steiht de Griese up, treckt sik an, nimmt dat Tau mit un geiht weg.

He geiht to Holts, 'nem he weet, de König sin Lüüd moeten dar langkamen mit de Oss. Dar klarrt he up en grote Eek dicht an'e Weg, tüdelt sik dat Tau um un hängt sik an en Telgen. Nich lang', do kamen de König sin Lüüd mit de Oss. As se de Griese up'e Boom hängen sehn, do seggen se, he hett woll uck annern noch Schaden maakt, de Griese, un do hebben se em dar upbummelt. Nu schall he dat woll blieven laten un grapsen se de Oss weg, de dare Düvelskeerl. Un denn trecken se geruhig wieder un denken an nix.

As de Lüüd wedder weg sünd, klarrt de Griese dal vun'e Eek, löppt langs en lütte, körtere Stieg in desülve Richt, un löppt sodennig de König sin Lüüd vörbi. He klarrt wedder up en Eek dicht an'e Weg, tüdelt sik dat Tau um un hängt sik wedder an en Telgen.

As de Lüüd dar henkamen, sünd se heel verbaast, se weeten nich, um dat mit rechte Dingen togeiht oder um dar Hexenkraam bi in't Spel is. Se fragen sik, um dat woll twee so'n verdreihte griese Keerls gifft. Se warrn sik eenig, se woe'n man t'rügg gahn na de anner, dat mutt doch en Spaaß we'n un kamen dar achter, um dat man een Minsch is, de an beide Böme

hängen deit. Se binnen de Oss an en Boom un keh-
ren um. Man so draa as se weg sünd, kümmt de
Griese gau dal vun'e Boom, binnt de Oss los un
nimmt 'n gau mit na de Kaat. De beide Olen schoe'n
man tosehn un kriegen de Oss slachtet, dat Fell
schoe'n se 'n ganz aftrecken, un ut dat Talg schoe'n
se Lichten göten. I koenen ju ja denken, wat dar för'n
Lust un Freud is in de Kaat.

Vun de König sin Lüüd is to vertellen, dat se na de
eerste Eek t'rüggkamen un de Griese dar natürlich
nich mehr hängen deit, un as se wedder na de tweete
kamen, do is de uck leddig, de Deef is ja intwischen
utneiht. Tja, weg is he, un de Oss steiht uck nich
mehr an'e Boom, 'nem se 'n anbunnen hebben. Nu
warrn se eerst wies, dat de Griese se för 'n Buern
hatt hett, un se blifft nix na as gahn na Huus na de
König un vertellen em, wodennig dat nu steiht.

Do schickt de König wedder en Deener na de griese
Keerl, he schall kamen, un dat foorts. De Katen-
mann un sin Oolsch bevern vör luder Angst. Nu is
dat ja klaar, dat gifft keen Gnaad mehr för se's leeve
Griese, nu ward he sachs uphängt, dar gifft dat nix.
Man he sülven is heel fideel un geiht ahn Bangen
hen vör de König.

Um he sin Oss klaut hett, fraagt de König de griese
Keerl. Ja, seggt de Griese, dat hett he ja doon musst
för un retten sin Leven. Do seggt de König, he will
em uck dat vergeven, wenn he dat schafft un klauen
de neegste Nacht em un sin Königin de Bettdöker
ünner de Mors weg. Dat kann ja keen Misch, seggt
de Griese, wodennig he denn woll in't Slott rinkamen
un dat doon schall. Ja, seggt de König, dat is sin
Saak, un um sin Leven geiht dat. Un darmit schickt

he de Griese weg. De geiht wedder t'rügg na de Ka-
tenlüüd se's Kaat, un dar ward he upnahmen, as
weer he wedder upstahn vun de Doden.

Hen to Avend kriggt de Griese en paar Pütte mit
Mehl her un seggt to de Oolsch, se schall Grütt ka-
ken, un de schall düchtig dick we'n. Se deit dat, un
as de Grütt ferdig is, deit de Griese 'n in en Fatt un
deckt dat to, datt de Grütt nich so gau koolt ward.
Denn sliekert he mit dat Grüttfatt na de König sin
Slott. He kriggt dat klaar un kamen rin ahn dat em
een wies ward, un he verstickt sik in en düüstere
Eck. Nich lang', do ward dat Slott toslaten, dat de
Deef sik dar jo nich rinsliekern kann.

As de Griese meent, in't Slott sünd se all slapen
gahn, un uck de König un de Königin liggen deep in
Slaap, do geiht he ganz liesen na se's Slaapkamer
rin, deckt se up vun'e Fööt bet na de Mitt un lett heel
vörsichtig de Grütt twüschen König un Königin
drüppeln. Denn maakt he gau, dat he rutkümmt ut'e
Kamer un verstickt sik wedder in sin Eck.

Nich lang', do ward de Königin waak, föhlt de warme
Grütt, weckt de König up un seggt, he hett ja in't
Bett scheten. Nee, seggt de König, he nich, dat hett
se daan, un sodennig strieden se sik en Tiedlang.
Toletzt nehmen se de Bettdöker un smieten se mit-
sammt dat, wat dar in is, wied vun sik up'e Del.

Denn slapen se wedder in. Man de Griese sliekert sik
ran, nimmt de Bettdöker, leggt se tohopen un neiht
dar ut mit, hen na de beide Olen in'e Kaat. Dar gifft
he se de Döker un seggt, se schoe'n se reinmaken
vun'e Grüttklotten un schoe'n se för se's eegne Bet-
ten bruken.

De neegste Morrn warrn de König un de Königin waak un sehn denn ja, se's Bettdöker sünd weg. Do denkt de König, de hett wiss de Griese klaut, un he schickt foorts en Deener hen na em. Nu meenen de Olen, dütmal ward he wiss uphängt, un se seggen em heel trurig adjüs. Man he geiht ganz driest rup na't Slott. Do fraagt de König em, um he hett de Nacht em un sin Königin de Bettdöker ünner de Mors wegklaut. Ja, seggt he, dat hett he daan, he hett ja sin Leven retten musst. Do seggt de König, he will em allens vergeven, wat he bet nu daan hett, wenn he de neegste Nacht em un sin Königin ut se's Bett rutklaut. Man kriggt he dat nich t'recht, denn so schall he uphängt warrn, dar gifft dat nix. Dat kann keeneen, seggt de Griese. Ja, seggt de König, dat is sin Saak.

De Griese geiht wedder na Huus na de Kaat. De beide Olen freu'n sik, as se em sehn, as weer he würklich vun de Doden upstahn.

As dat Avends düüster is, nimmt de Griese en grote Hoot mit breede Rand, de hört de Ole to. Dar maakt he luder Löcker rin, dicht an dicht, un dar stickt he de Lichten rin, de se ut dat Talg vun de Oss maakt hebben. Uck an sin Liev maakt he en Barg Lichten fast, vun baven bet ünnen. Denn sett he de Hoot up, nimmt dat Ossenfell in'e Hand un geiht na de König sin Slott, un dat rin in de Slottskirch.

Dar leggt he dat Ossenfell vör dat Altar hen, fengt all de Lichten an un geiht denn bi un lüden de Klocken. Vun dat Lüden warrn de König un de Königin waak. Se kieken ut't Finster, wat dar woll los is. Dar sehn se een an de Kirchendör stahn, de lücht't un strahlt na all Sieden. De König un de Königin sünd heel verbaast oever dat, wat se sehn, un se meenen, dat is sachs en Engel ut'e Himmel, de up'e Eerde wat Wichtiges bekannt maken will. So een mutt een ja begröten un ehren, as sik at hört, un em um Barmhartigkeit anropen, seggen se.

Gau trecken se se's beste Tüüg an un gahn rut na de dare „Engel". Denn smieten se sik vör em dal up'e Kneen un beden em, dat he se de Sünnen vergeven schall. Man de Engel seggt, he will se blots binnen in de Kirch vör't Altar anhören.

Do gahn se denn uck achter em ran darhen, un de Engel seggt nu, he will se de Sünnen vergeven, man blots ünner een Bedingen. Ja, wat dat denn is, fragen se. Och, seggt de Engel, se schoe'n blots in dat dare Ossenfell rinkrupen, wat dar vör't Altar liggen deit. Wenn't wieder nix is, röppt de König, dat is ja gau daan, un foorts krabbelt he mit de Königin rin in dat Ossenfell. Man knapp sünd se dar in, do kriggt de Engel dat Fell faat, kriggt dat tosamen un binnt dat to. Do bölkt de König denn ja nu, wat dat denn to schall. Man de Engel schüddelt all de Lichten af, slept dat Ossenfell so fix as't geiht dör de Kirch un seggt, he is keen Engel, man een, de he guut kennen deit, de Griese ut'e Kaat dar nedden. So as he dat hett hebben wullt, hett he em un sin Königin ut dat Bett stahlen, un nu will he em uck sin Sünnen vergeven, dat kann he man gloven. He will se beide um'e Eck bringen, seggt he, wenn he em nicht toseggt, wat he vun em verlangen is. Un dar schall he en Eed up doon, ehrer he wedder ut dat Ossenfell rutlaten ward.

Wat schall de König maken? He mutt allens toseggen, wat de Griese will, un dar en Eed up doon. Darna lett de Griese em rut, un he verlangt de König sin Dochter un dat halve Riek, un denn noch Verlööv un nehmen de ole Katenmann un sin Oolsch to sik. De König mutt dar „Ja" to seggen, he hett dar ja en Eed up daan.

De Griese geiht denn dal na de ole Lüüd in'e Kaat, un I koenen ju woll denken, he smitt sik nu en beten mehr in'e Bost as anners. Nu moeten de Olen sik en beten rutstaffeern un se's Schapptüüg antrecken, seggt he, denn se schoe'n nu umtrecken.

De Ole un sin Oolsch maken grote Ogen, as se dat hören, un I koenen ju sachs vörstellen, wodennig se sik wunnern, as de Griese se vertellt, wat dat darmit up sik hett. Un denn nimmt he se mit na de König sin Slott, un dar gifft dat en grote Begröten.

He nimmt de Prinzessin to Fruu un kriggt dat halve Riek upto. Man bi't Hochtiedseten vertellt he se, he is de Soehn vun de König in dat neegste Riek. He hett hört, seggt he, wat de arme Katenmann vörharr, un denn hett he mit de König sin Preester afmaakt, dat de sin Wöör, 'nem de Ole allens up upbuut hett, wahr warrn schoe'n. Nu kann de Ole sachs uck tofreden we'n, seggt he, he hett ja nu sin Koh dusendfach wedder betahlt kregen.

De Griese hett lang' un glücklich levt mit sin König in. As sin Swiegervadder dootbleven is, do hett he dat heele Riek arvt un hett dat regeert mit Plie un Klookheit bet an't hoge Öller. De Katenmann un sin Oolsch sünd se's Leven lang bi em bleven un hebben dar herrlich un in Freuden levt. Un hier is dat Märken to Enne.

Dree rode Farkens

Dar is mal en ole Fruu we'n, de hett in en lütte Kaat wahnt un man een Koh hatt. Se hett uck en Jung bi sik hatt, dat is ehr Kindskind we'n. Dat is en gediegene Bengel we'n, he hett en Barg drullige Infälle hatt.

Mal is de Oolsch in grote Noot un Ungelegenheit. Un do seggt se to de Jung, he mutt mit de Koh to Markt un mutt 'n dar verkopen. He denn ja afste' mit de Koh. Man ehrer he na de Stadt henkümmt, 'nem de Markt is, do bemött he en ole Fruu, de geiht blangen em her un fraagt em ut na allens, un upletzt seggt se, se mag em geern lieden, un se will em en gude Raat geven: He schall ehr de Koh laten. Geld hett se nich, seggt se, man he schall wat kriegen, dat is vel beter. Un se wiest de Jung, wat se in'e Schört hett: dree lüerlütte Farkens, de sünd so lütt un nüdlich, heel rosenroot sünd se mit lütte Locken an'e Steert. Un denn kriggt se se faat un sett se an'e Grund, un kriggt en lütte Fleut rut, dar spelt se up, un do danzen de dree rode Farkens un wackeln mit de Steert, dat is en Spaaß un kieken dat an.

Süh so, seggt de Oolsch, de will se em all dree för sin ole langwielige Koh geven, un de Fleut upto. Dat is doch sachs en gude Tuusch, seggt se, 'nem he mit tofreden we'n kann. Dat dücht de Jung uck, un do tuuscht he. He treckt sin Jack ut un leggt de dree Farkens dar rin; dat weer ja Sünne un laten de Stackels de heele Weg na Huus lopen. De Fleut stickt he in sin Mütz, un denn löppt he na Huus so gau, as he kann, un wiest vergnöögt sin Oma, wat he för de Koh kregen hett.

Do ward se weenen un jammern, un dat helpt nich, dat he de Farkens vör ehr danzen lett. Se seggt, de Jung is unklook, un he bringt ehr stackels ole Fruu noch in't Verdarven. Man he seggt, se schall sik dar man nich so um hebben, he hett en bannig gude Hannel maakt, seggt he, dar kann se sik to verlaten.

Baven up'e grote Herrenhoff, dar wahnt en rieke Eddelmann mit sin Fruu, un de hebben een Kind, en Dochter, de is oever de Maten smuck. Se is jüst so oold as de Jung, jüst even föfftein Jahr, man se is al en feine Daam. De Jung weet, de Eddelmann un sin Fruu sünd för en paar Daag verreist up Besöök, un de Dochter is alleen to Huus, un do nimmt he de anner Dag sin Farkens un geiht vör ehr Finster stahn, un denn blaast he up sin Fleut un lett sin Farkens danzen. Dat Frollein kümmt an't Finster un kickt to, un se mag de Farkens bannig geern lieden, un do kümmt se rut na em un seggt, se will dar geern een vun hebben, un wat 'n kosten schall. Ja, för Geld is 'n nich to kriegen, seggt he, man he will ehr dar een vun laten, wenn he ehr mal eien dörv un se em wat to eten för sin ole Grootmudder mit na Huus geven will.

De Jung is ja wat plünnig, un sin Hänne sünd nich recht rein, un do is dat de Deern nich recht na de Mütz un laten sik ehr smucke Backen eien vun em. Man se is so wild na dat Farken, se hollt em ehr Back hen un lett em de eien, un denn gifft se em en düchtige Paket mit wat to eten in mit na Huus. He kümmt heel stolt na Huus un seggt, dat hett he allens för dat eene Farken kregen. Ja, seggt sin Oma, dat is ja all recht nett, man wo scho'e se vun leven, wenn dat all is? Dar schall se sik man nich um quälen, seggt de Jung, dar will he al för sorgen.

De neegste Morrn geiht he mit de beide anner Far-
kens wedder vör dat Frollein ehr Finster. He blaast
up'e Fleut, un se danzen noch vel feiner as de Dag
vörher. Do kümmt de Deern dal för un kieken de
Danz an. Se hett ehr Farken gar nich to'n Danzen
kriegen kunnt, un do meent se, wenn dat en Macker
un se noch en Farken kriggt, denn so ward dat woll
gahn. Se fraagt, um he ehr nich will een vun de bei-
den verkopen. Ja, seggt he, dat kann woll angahn,
un he will dar wieder nix för hebben as ehr en Söten
geven.

He is ja eegentlich en smucke Bengel, weer he man
en beten reiner, man he is schietig, un he hett jüst
Smoltbrood eten, un do will de Deern dar nich geern
bi; man dat Farken stickt ehr doch bannig in'e Ogen.
„Wat Schiet!" seggt se, un de Bengel drückt ehr
düchtig een up, merrn up ehr lütte rode Mund. He
kriggt uck wat to eten mit na Huus för sin Groot-
mudder. Süh so, seggt he, dat hett he allens för dat
tweete Farken kregen. Se seggt, dat is ja allens recht
nett, man wenn dat all is, denn hebben se ja wedder
nix. Dar schall se sik man nich um quälen, seggt de
Jung, he will dar al för sorgen.

De drütte Morrn geht he wedder vör dat Frollein ehr
Finster mit sin letzte Farken. He blaast up'e Fleut,
un dat Farken hoppt un springt um em rum, as
wenn dat heel un deel ut'e Tüüt is. De Deern kümmt
rut un kickt to; se hett ehr beide Farkens nich to'n
Danzen kriegen kunnt. Darum denkt se, se mutt uck
dat drütte Farken un de Fleut darto hebben; ehr
ward dat bilütten klaar, dat dar de Kraft in steken
deit för un bringen de lütte Farkenbeens in Swung.
Un so fraagt se de Jung, um he ehr nich will dat
drütte Farken verkopen un de Fleut darto. O ja,

seggt de Jung, se kann geern beides kriegen, wenn se man ehr Kopp in sin Schoot leggen will.

De Jung sin Tüüg is schietig un plünnig, un de Deern will ehr feine swatte Haar nich geern tußelig maakt hebben, man wenn se ehr Willen hebben will, denn mutt de Jung uck sin hebben, un do leggt se ehr Kopp in sin Schoot. He strickt mit de Fingern dör ehr Haar un markt sik guut, wat he dar wies ward: een gollne Haar, een sülverne Haar, un een Haar is heel un deel witt. Denn kriggt he uck wat to eten för sin Grootmudder, un sodennig kümmt he ahn Farken un ahn Fleut na Huus. He wiest sin Oma, wat he för sin drütte Farken kregen hett. Se seggt as ümmer, wenn dat all is, denn hebben se gar nix mehr to eten. Man de Jung seggt, dar will he al för sorgen.

Nu kamen de Eddelmann un sin Fruu wedder na Huus, ehrer de Jung un sin Grootmudder allens upeten hebben. Un do kriggt de Eddelmann dat in'e Kopp, he will sin Dochter de to Fruu geven, de dree heemliche Teekens angeven kann, de se an sik hett. Nu kamen dar en Barg Jungkeerls an vun all Ecken un Kanten. De eene raad't düt un de anner dat, man keeneen kann dat Rechte drapen.

De Jung hett dar uck vun hört, un do kümmt he uck na de Herrenhoff. He löppt buten vör de Finstern rum un singt: „Ik weet al, wat ik seggen will. Ik weet al, wat ik seggen will." Dat Frollein hört dat, un se ward dar vergrellt oever. Se smitt em ut dat Finster en beten Geld hen un seggt, he schall sehn un kamen weg. He deit dat Geld in sin Mütz, man denn geiht he foorts wedder bi un singt sin ole Leed: „Ik weet al, wat ik seggen will. Ik weet al, wat ik seggen will."

104

Nu is de Deern heel bang', se kunn so'n arme, plünnige Jung to'n Mann kriegen, un se smitt em mehr Geld rut un seggt, he schall sehn un kamen weg, se kann sin Gegroehl nich mehr af. He deit dat Geld in sin Mütz un fangt wedder an: „Ik weet al, wat ik seggen will. Ik weet al, wat ik seggen will." Se smitt em wedder noch mehr Geld hen un seggt, he schall doch man weggahn. Man he blifft bi un singt as vörher.

En paar Mal hett he versöcht un witschen rin na de Herrenhoff, man elkeen Mal hebben de Deeners em wegpüüstert, so'n plünnige Bengel woe'n se dar nich rinlaten. Do kümmt dar en junge Eddelmann an, de will uck sin Glück versöken. He ward de Jung wies un hört, wat he vör sik hen singt. Wat he denn weeten deit, fraagt he em do. De heemlichen Teekens vun de Eddelmann sin Dochter, seggt de Jung. De schall he em doch man verraden, seggt de junge Herr, he will em dar uck guut för belohnen. Ja, seggt de Jung, he schall se to weeten kriegen, wenn he em mit rinnehmen will. He kann ja up de anner sin Stevelstulpen stahn, seggt he, un de kann denn sin Mantel um em slaan. Sodennig kann he mit rinwitschen un sik de Spaaß ankieken.

Dat lett sik fein maken. De Jung stellt sik up de Junker sin Stevelstulpen un duukt sik ünner sin wiede Mantel. De Herr süht nu ja recht wat füllig ut, man keeneen markt Müüs, un de Jung witscht mit rin in de Kamer, 'nem de Herren noch stahn un rumraden. Man keeneen hett dat Rechte drapen. Do röppt de Jung ünner de Mantel, de Deern hett een gollne Haar un een sülverne Haar un een witte Haar up'e Kopp. Dat stimmt, seggt de Eddelmann. Do springt de Jung ut sin Verstek rut un seggt, denn mutt he uck de Deern kriegen. Un denn swunkt he sin rode Mütz, dat all dat Geld oever de Del rullt.

De Eddelmann ward heel gediegen to Moot. He kann ja nich guut sin Woort breken; man an so'n Swieger-soehn hett he ja nu ganz un gar nich dacht. Do fraagt he, blots um dat dar wat seggt ward, wat dat denn för'n Geld is. Dat is dat Geld, wat de Deern em geven hett, dat he dat Muul hollen schall, seggt de Jung. Wat? seggt de Eddelmann, denn man rut mit de heele Geschicht. Do fangt de Jung an vun de Koh un de dree rode Farkens, un vun dat eerste Farken, wat he de Eddelmann sin Dochter verköfft un wat he darför kregen hett, un denn vun dat tweete Farken, un wat he darför kregen hett. Un as de Eddelmann do hört, he hett dar en Söten för kregen, do will he nix mehr vun de Geschicht hören, do dreiht he sik na sin Dochter un seggt, wenn se em en Söten geven hett, denn so schall se em uck hebben. Un sodennig kümmt dat uck: De beiden warrn verheirad't un se sünd all se's Leven lang guut mit'nanner utkamen.

Hans un sin Steefmudder

Dar is mal en Mann we'n, de hett dree Fruuns hatt. Nich all upmal, nee, een na de anner. Vun sin eerste Fruu hett he en Soehn hatt, Hans, en feine, nette Bengel. Sin Vadder hett em bannig leev hatt, man sin Steefmudder nich. Allens, wat em jichens an Eten un Drinken smeckt hett, dar is se em nix vun günnen we'n. Un darbi is sin Eten man ring we'n, un he is nich mal half satt wurrn. Sodennig hett se em en Barg toleed daan, haal ehr de Düvel!

Mal seggt de Oolsch to ehr Mann, he schall man tosehn un schicken de dare Bengel bald in'e Frömm. He is en Hallunk, seggt se. Se wull, en anner Mann harr em beter an de Kandarr. He is noch to jung, seggt de Mann, he schall noch een Jahr bi em blieven, bet he stark nugg is un verdeenen en betere Lohn. Man se hebben dar en Mann, seggt he, de wahrt dat Veeh up'e Weid un slöppt de halve Dag. De schall man na Huus kamen, un de Jung, de schall to Feld un wahren dat Veeh, wenn he mag. Dar is de Oolsch mit tofreden un meent, sodennig is dat an besten.

As dat de neegste Morrn Dag ward, do geiht de lütte Bengel up't Feld. He hett en Stock up'e Schuller un is frisch un munter. He geiht vörföötsch vöran, bet he up'e Weid kümmt, un denn kriggt he sin Eten rut. Man as he süht, wo leeg dat is, do vergeiht em de Aptit, un he packt dat foorts wedder in. He will man töven, bet he avends wedder na Huus kümmt, denkt he. He sett sik dal up en Barg, do ward he en ole Mann wies, de kümmt dar jüst lang un bütt em de Dagstied, un Hans heet em willkamen. De Ole hett bannige Smacht un fraagt de Jung, um he nich hett en beten wat to eten för em. Do kriggt de Jung sin Eten wedder rut un wiest de Ole dat un seggt, he schall man driest tolangen, wenn he mag, un sik dat nich ankamen laten. De Ole freut sik. He sett sik kommodig hen un lett sik dat smecken, un denn seggt he em velen Dank. För dat Eten, wat he em geven hett, seggt he, dar will he em dree Dingen för schenken, de schall he sik wünschen. Do seggt de Jung, em dücht, dat Beste weer, wenn he en Flitzbagen harr för un schöten Vageln. Bagen un Pielen schall he hebben, seggt de Ole, un de Bagen schall em en Leven lang deenen un em ümmer passlich we'n, un he mag henschöten, 'nem he will, he schall ümmer drapen un nie nich vörbischöten. Do föhlt Hans, he hett de Bagen uck al in'e Hand, un de Pielen steken in sin Liefreem. Denn seggt he, harr he nu noch en Fleut, un wenn 'n uck noch so lütt weer, denn wull he al tofreden we'n. En Fleut, de schall he hebben, seggt de Ole, un elkeen, de de dare Fleut hören deit, de schall sik nich holen koenen, de mutt danzen, danzen, danzen, wat he nu will oder nich. Wat he denn noch hebben will, fraagt he, he hett em ja *dree* Gaven toseggt. Do lacht de Jung luut up un seggt, nu hett he nugg, mehr mag he sik nich wünschen.

Man de Ole seggt, he schall hebben, wat he em nu mal toseggt hett, darum schall he man driest wiedersnacken. Do seggt de lütte Bengel, he hett en Steefmudder to Huus, de is ümmer so eklig to em. Wenn sin Vadder em wat to eten gifft, seggt he, denn so wünscht se sik, dat he dar an sticken schall, sodennig kickt se em an. Wenn se em wedder so ankieken deit, denn so schall se elkeenmal een lopen laten, dat dat man so knallen deit. Do seggt de Ole, wenn se em sodennig ankickt, denn so schall se sodennig pupen, dat all, de dat hören, luut lachen warrn. Denn seggt he adjüs, un de leeve Gott schall de Jung bistahn bi Dag un bi Nacht. Un de Jung seggt em velen Dank.

Later, as dat to Nacht geiht, do geiht de Jung denn na Huus, so as dat afmaakt is. He kriggt sin Fleut rut un spelt, un do fangen all sin Deerten an un springen un danzen. De Jung geiht mit Fleuten dör't Dörp un de Deerten mit, bet hen na sin Vadder sin Hoff. Dar sparrt he dat Veeh in un geiht rin. Sin Vadder sitt jüst bi't Avendbrood un heet em willka- men. Wonem de Deerten sünd, fraagt he, um he se hett na Huus bröcht. Ja, seggt Hans, he hett se de heele Dag wahrt, un nu sünd se insparrt. Dat is recht, seggt sin Vadder un langt em en Höhnerbeen hen. Denn schall he uck wat Beteres to eten hebben, seggt he. As de Oolsch dat wies ward, argert se sik un kickt em füünsch an. Do lett se sodennig een lo- pen, dat all, de dar bi sünd, en düchtige Schreck kriegen. Man denn warrn se all lachen un amesseern sik, man de Oolsch stickt sik root an un weer an leevsten wied weg. Hans seggt, de dare Kanoon bal- lert ja düchtig, wenn 'n uck man mit en Steen laden is. Do ward de Oolsch splitterndull un gluupt em vull Raasch an, do lett se noch een strieken. „Pass up", seggt Hans, „Mudder hollt noch nich up mit Schö- ten." All lachen se un amesseern sik, man de Oolsch scheneert sik un geiht weg un sitt vull Kummer. De Buer seggt, se schall sik man afglieden, dat is an de Tied, ehr Achterste hett dat vundaag ja bannig in sik.

Nich lang' darna kümmt dar en Wannerprediger in't Huus un dörv dar Nacht blieven. De Fruu meent, he is en hillige Mann un beklaagt sik bi em. Se hett en

Jung, seggt se, de wahnt dar mit in't Huus. Dat is en grote Hallunk, seggt se, un deit ehr vel toleed. Se kann em nich ankieken seggt se, denn passeert ehr foorts wat Scheneerliches. He schall doch man morrn rutgahn na em up't Feld un tosehn, dat he em krumm un lahm hau'n deit. He is en verdreihte Aas, seggt se, he is bestimmt en Hexenmeister, un he maakt ehr so vel Schann. Ja, seggt de Prediger, dat will he woll rutkriegen. He schall dat man jo nich vergeten, seggt se, denn ward ehr dat sachs beter gahn. Un de Prediger seggt, wenn he de Bengel nich in gude Tucht bringen deit, denn so schall se keen Tovertruun mehr hebben to em.

De neegste Morrn steiht de Jung up un drifft sin Veeh vör sik her up'e Weid. De Prediger geiht ut't Door rut un löppt gau achterran, he is bang', he kunn to laat kamen. As he up't Feld kümmt, finnt he de Bengel bi sin Deerten un fangt foorts an un schimpen em ut un fraagt em, wat he mit sin Steefmudder maakt hett. Un kann he sik nich entschülligen, seggt he, denn so will he em en düchtige Morsvull geven. Wat he denn hett, seggt de Jung, sin Steefmudder geiht dat jüst so guut as em, de Prediger, un he hett gar keen Grund un schimpen, seggt he. Man wat he woll meent, wovel Vageln he schöten kann, fraagt he. He is sik wiss, seggt he, wenn he uck man lütt is, he dröppt de dare Vagel dar, un denn will he 'n de Prediger schenken. Do sitt dar en Vagel up en Brummelberbusch. Denn schall he 'n man schöten, seggt de Prediger, dat will he to geern mal sehn. Do schütt de Jung un dröppt 'n liek in'e Kopp, dat 'n nich mehr wegfleegen kann un doot dalfallt. De Prediger klarrt rin in'e Knick un will de Vagel upsammeln. Man de Jung, de leggt gau sin

Bagen weg un kriggt sin Fleut her. As de Prediger de Fleut hören deit, do is he rein as unklook un fangt an un danzt un springt. He maakt grote un lütte Sprüng un kann anners nix doon as danzen, danzen, danzen. De Brummelbern ratschen em in't Gesicht un annerwegens, sin Lief ward blödden un oeverall geiht sin Tüüg twei. Man de Jung blaast un blaast un lacht, wodennig de Prediger sik dreiht un springt, he hoppt so wunnerlich hooch. Dat is en Spaaß för en König, seggt he to de Prediger, un kieken em to. De Prediger böhrt de Hand hooch un seggt, he schall doch man upholen. He gifft em sin Woort, seggt he, he schall Ruh hebben vör em, he will em nix doon. De Jung seggt, denn schall he man na de anner Siet rutkrupen un sik afglieden. Sin Steefmudder hett sik ja woll bi em beklaagt, seggt he, nu kann de anner sik denn ja bi sin Steefmudder beklagen. De Prediger krabbelt rut ut de Knick, he is heel un deel toschannen un toreten. He hett nich een heele Flick mehr un decken sin blote Mors mit to. Sin Hänne un sin Gesicht sünd tweikleit un vull Bloot. All, de em sehn, neihn ut, se sünd bang, de Prediger is mall.

As he na sin Harbarg kümmt, do kann he ja nich jüst puchen vun sin Dagwark, un so is he heel still un tamm. Dulle Kummer hett he in sin Hart, un all verjagen se sik, as he in de Stuuv rinkümmt. De Fruu fraagt em, wonem he we'n is, ehr dücht, dat mutt en böse Stä' we'n hebben, so as he utsehn deit. He is bi ehr Soehn we'n, seggt he. De Bengel schall de Düvel ut'e Höll strafen, seggt he, he sülven kann dat nich. Do kümmt de Buer rin. De Fruu seggt to em, sin Soehn, de em ja so leev is, de hett de dare hillige Mann meist dootmaakt. Do fraagt de Buer, wat sin Jung em denn daan hett. Danzen hett he musst, seggt de Prediger, in de Düvel sin Naam. Harr he dar sin Leven bi verlaren, seggt de Buer, denn so weer he sachs in Sünnen afschrammt. Do vertellt de Prediger em, wodennig dat togahn is, em hett dücht, de Fleut spele so lustig, seggt he, he hett nich upholen kunnt. Na, seggt de Buer, dat mutt ja en lustige Musik we'n hebben, anners verdeent he Schimp un Schann. De dare Musik, seggt he, de will he uck mal hören. Nee, seggt de Prediger, he hett dar keen Verlangen na.

As dat later to Nacht geiht, do kümmt de Jung na Huus. As he up'e Del kümmt, röppt em sin Vadder foorts na sik ran un fraagt em, wat he doch mit de dare Wannerprediger upstellt hett, un he schall em jo nix vörleegen, seggt he. Och, seggt de Jung, daan hett he em de heele Dag nix, he hett em blots en Danz upspelt. Sin Fleut, seggt de Vadder, de will he mal hören. Nee, blots dat nich, röppt de Preester dar mang, dat weer en Unglück. Doch, seggt de Buer, he will 'n hören. Do ward de Prediger losjauueln un seggt, denn schoe'n se em fastbinnen an'e Pieler, anners weet he sik keen Raat, denn is he verlaren un up. Do kriegen se sik wecke Tauen her un binnen em fast an'e Pieler, de dar up'e Del steiht. De dar bi't Eten sitten, de amesseern sik un lachen un seggen, nu kann de Prediger ja nich umfallen. Do seggt de Mann to sin Soehn, he schall man losblasen, wat he will. He is praat, seggt de Jung, he will em en Stück vörspelen. So draa as de Fleut klingen deit, koenen se sik nich holen, se moeten all danzen. De Buer is heel mall, mit en heel wunnerliche Gesicht kümmt he hooch vun sin Stohl. De bi't Eten sitten, springen oever de Disch weg, un all, de de Rügg henkehren, hebben keen Tied mehr un dreihn sik um, se fallen man so dal, wecken rennen se's Schenen an'e Bänke, wecken snüffeln oever de Breder un wecken fallen in't Füer. De Fruu kümmt rin, se ward uck springen un sik dreihn. Man ümmer, wenn se de lütte Hans ankickt, lett se ehr Mors snacken, dat ballert man so. De Wannerprediger is halfdoot, he haut ümmer mit'e Kopp an'e Pieler, anners kann he nix doon. Dat Tau schüert düchtig up sin Fell, un allerwegens löppt em dat Bloot dal.

De Jung blaast un blaast un geiht rut up'e Straat, un de heele Flock achter em ran, se koenen nich upholen. Dicht an dicht, een in'e Nack vun'e anner, so kamen se ut de Dör. De neeg bi wahnen, de hören de Fleut dar, 'nem se jüst sünd. Foorts jumpen se oever de halve Dör, se laten sik nich de Tied un drücken de Klink dal, se sünd bang', se kamen to laat. Un de in't Bett liggen kriegen foorts de Kopp hooch, lütte Lüüd jüst so as vörnehmen, un dat so nakelt, as se to Welt kamen sünd, rut up'e Straat. As se all tohopen sünd, do is dar merrn up'e Straat en grote Flock Minschen. Wecken sünd lahm un koenen nich gahn, man se hoppen uck rum un krabbeln up all veer. Um he nu nugg hett, fraagt de Jung sin Vadder. Ja, seggt de mit en heel vergnöögte Gesicht, dat is sachs dat Beste, wenn he upholen deit. He schall man en Enne maken, wenn't recht is. Dat is dat lustigste Stück, seggt he, wat he in soeven Jahr hört hett.

As de Fleut nich mehr spelt, do wunnern se sik all oever se's Fisematenten. Verdori, seggt mennig een, wonem woll all de Lust herkamen is, de se hett danzen laten. All sünd se fein toweg', bet up'e Oolsch un de Prediger, de sünd heel twei un möör.

Nu hebben I hört, wodennig Hans mit sin Steef-
mudder umgahn is un wodennig he de Wanner-
prediger upspelt hett. Man de Jung sin Spel hett em
nich recht gefullen, un so seggt he adjüs un glitt sik
af mit en benaute Gesicht. Un de Mann treckt wie-
der sin Jung groot, de Steefmudder is nu fründlich to
em, un all geiht se dat guut.

114

De witte Wulf

Dar is mal en König we'n, de hett dree Döchter hatt, een ümmer smucker as de anner, man de jüngste, dat is de smuckste we'n. Mal will de Vadder in Geschäften to Stadt fahren un will dar en Deenstdeern meeden, de schall in't Huus na't Rechte kieken, allens utfegen un rein holen un de Swiens fuddern. Do seggt de Jüngste, se will sülven de Weertschop föhren, se bruukt keen Deensten. Man wenn he doch to Stadt fahren deit, denn so schall he ehr doch en lütte Matt vun lebennige Blöme mitbringen.

De König fahrt denn to Stadt, un he köfft för sin öllste Dochter en Kleed, för de tweete en feine Koppdook, un för de drütte söcht he in'e heele Stadt in all Ladens na en Matt vun lebennige Blöme, man he finnt keen. Sodennig mutt he ahn Blomenmatt na Huus fahren, un de Weg geiht dör en Holt. Dat sünd noch dree, veer Mielen bet na dat Slott, do ward de König blangen de Weg en witte Wulf wies, de sitt dar un hett up'e Kopp en lütte Dek vun lebennige Blöme. Do seggt he to sin Kutscher, he schall afstiegen un de dare lütte Dek halen. Man de Wulf fangt an un snackt un seggt, de Blomendek kriggt he nich för nix. Wat he denn hebben will, fraagt de König, he will em so vel Gold un Sülver geven, as he man hebben will. Sin Gold un Sülver, seggt de Wulf, dat kann he sik an'e Hoot neih'n. He schall em blots toseggen, dat he em dat geven will, wat em as eerstes in'e Mööt kümmt. Bi dree Daag will he kamen un sik dat afhalen. Do denkt de König, bet na Huus is dat noch wied, em ward sachs noch en wille Deert oder en Vagel upstöten, he will em dat man driest toseggen. Un he deit dat.

He fahrt denn mit de Dek wieder, man up'e ganze Weg na Huus bemött em rein gar nix. Aver as he denn rupfahrt up'e Slottshoff, do kümmt em sin jüngste Dochter in'e Mööt. Do weenen de König un de Königin solte Tranen. Se's Dochter fraagt, warum se denn so dull blarrn, un ehr Vadder seggt, he hett ehr en witte Wulf toseggt. Bi dree Daag, seggt he, denn kümmt he up't Slott, un denn mutt se mit em gahn. De drütte Dag kümmt denn uck de Wulf up'e Slottshoff, fleutet un seggt, se schoe'n em geven, wat em tohören deit un wat se em toseggt hebben. Man se hebben en Kamerjumfer utstaffeert, de geven se em mit statts de Prinzessin, un de Wulf seggt, se schall sik up sin Rügg setten, he will ehr na sin Herrenhoff drägen.

Denn driggt he ehr bet dar hen, 'nem he mit de lütte Blomendek an'e Weg seten hett. Dar woe'n se sik dalsetten un utruhn, seggt he. Se setten sik dal, un de witte Wulf fraagt, wat woll ehr Vadder doon wurr, wenn dat dare Holt em tohören dä. Ehr Vadder, seggt se, is en arme Mann, de wurr de Böme umhaun, un vun dat Holt wurr he Tunnen maken un se verkopen, denn harr he alltied sin Brood. Denn is se nich de rechte, seggt de Wulf, driggt de Kamerdeern wedder t'rügg na't Slott un röppt, se schoe'n em de rechte geven. Anners, seggt he, will he mit Stormgebruus oever se kamen un all de Muern un dat heele Slott umsmieten, un denn koenen se sehn, wonem se afblieven. Do warrn de König un de Königin weenen, un se seggen to de Prinzessin, se schall man mit de witte Wulf mitgahn, se hebben em ehr nu mal toseggt.

Do maakt de Prinzessin sik praat un rullt uck ehr lütte Blomendek tohopen un nimmt 'n mit. Un de

116

witte Wulf driggt ehr weg, un se kamen an de Stä', 'nem he sik al mit de Kamerjumfer dalsett hett. Dar woe'n se sik dalsetten un utruhn, seggt he, un denn fraagt he, wat woll ehr Vadder doon wurr, wenn dat dare Holt em tohören dä. Ehr Vadder, seggt de Prinzessin, de wurr de Böme dalhaun laten, Hüser buun un dar Pachtbuern rinsetten, denn so wurr he noch rieker, as he so al is. Dat is de richtige, denkt de Wulf, un denn seggt he to de Prinzessin, se schall sik wedder up sin Rügg setten, he will ehr na sin Eddelhoff drägen. Un he driggt ehr dör't Holt dar hen, un dat is en staatsche Hoff mit smucke Hüser, un de heele Hoffplatz is plaastert. En smucke Hoff, seggt de Prinzessin, un en smucke Herrenhuus. Dat is man schaa, dat ehr Vadder un Mudder so wied weg sünd. Do seggt de Wulf, bi een Jahr, denn woe'n se ehr Vadder un Mudder besöken. Man de dare witte Wulf is gar keen Wulf, he is en smucke Jungkeerl un hett blots en Wulfspelz um.

Dar vergeiht en halve Jahr, do kümmt de witte Wulf mal na Huus un seggt, se schall sik t'rechtmaken to en Hochtied. Ehr öllste Süster heiraad't, un he will ehr hendrägen. Man wenn he ehr wedder afhalen deit un he fleutet, denn schall se nich up Vadder oder Mudder hören, se schall Eten un Drinken stahn laten un foorts na em henkamen. Wenn he ehr darlaten mutt, seggt he, denn so finnt se nich de Weg na Huus dör't Holt. He bringt ehr denn hen na de Hochtied un geiht sülven wedder na Huus. Man hen to Avend kümmt he denn wedder un fleutet vör't Slott. Un do lett se foorts Eten un Drinken stahn, geiht hen na em un sett sik up sin Rügg, un denn driggt he ehr wedder t'rügg na sin Eddelhoff.

Dar vergeiht nochmal en halve Jahr, do kümmt de witte Wulf wedder mal na Huus un seggt, se woe'n to Hochtied na ehr Vadder un Mudder se's Slott, ehr tweete Süster heiraad't. Man dütmal woe'n se all beid hengahn un dar Nacht blieven. Do gahn se tosamen to Hochtied un to Avend, as de Gäst to Bett gahn, do bringt de Königin de Prinzessin un de witte Wulf in en lütte Kamer, 'nem se slapen schoe'n. Un do süht de Königin, de witte Wulf treckt sin Pelz ut, un do is he en smucke Jungkeerl. Darna seggt se to de Deerns in'e Koek, se schoe'n düchtig inböten un de Pelz in't Füer smieten. Man knapp is de Pelz in'e Aben, do verswinnt de Jungkeerl mit Stormgebruus ut de Dör. Un he geiht ahn de Prinzessin t'rügg na sin Eddelhoff.

Do ward de Prinzessin weenen, se will wedder t'rügg na em, un se geiht dör't Holt, man se finnt nich Weg un nich Steg. Sodennig biestert se en halve Maand in't Holt rum, do kümmt se an en lüerlütte Kaat. Se geiht rin, un do sitt dar de Wind un lest. Se fraagt em, um he nich hett de witte Wulf sehn. Nee, seggt he, he hett de heele Dag weiht un is eerst jüst na Huus kamen, man de witte Wulf hett he nich sehn. Man he schenkt ehr en Paar Schoh, dar kann se hunnert Mielen wied mit topedden. Do geiht se na en Steern un fraagt em, um he nich hett de witte Wulf sehn. Nee, seggt de Steern, he hett de heele Nacht lücht't, man de witte Wulf hett he nich sehn. Man he schenkt ehr en Paar Schoh, dar kann se tweehunnert Mielen wied mit topedden. Do geiht se na de Maand un fraagt, um he nich hett de witte Wulf sehn. Nee, seggt de Maand, he hett de heele Nacht schient un is jüst eerst na Huus kamen, man de witte Wulf hett he nich sehn. Man he schenkt ehr en Paar Schoh, dar kann se veerhunnert Mielen wied mit topedden.

Do geiht se na de Sünn un fraagt, um se nich hett de witte Wulf sehn. Ja, seggt de Sünn, se hett em sehn, man ehr witte Wulf hett sik nu al en anner Deern utsöcht, de deent bi em, un mit de will he nu Hochtied maken. Man se will de Prinzessin helpen, seggt de Sünn, un se schenkt de Prinzessin en Paar Schoh, dar kann se fievhunnert Mielen wied mit topedden, un en Spinnrad, wenn se dar Moss mit spinnen deit, denn so hett se Sied up'e Spool, un en Mess, wenn se dar an en rotte Stück Holt mit snittjert, denn fallen dar Spöön vun Gold vun af, un en Gavel, wenn se dar en Stück Splintholt mit dörchstickt, denn sünd de Löcker vun Gold. Un denn seggt de Sünn, se ward nu an en Glasbarg kamen. Nedden darvör is en Smä, dar schall se sik Hänne un Fööt beslaan laten un sik en veer Faden lange Ked smeden laten. Denn schall se up'e Barg rupklarrn, un wenn se baven is, denn schall se sik in'e witte Wulf sin Eddelhoff dalfiern. Do geiht de Prinzessin los un kümmt an'e Barg, un as se baven is, do fiert se sik dal in'e Eddelhoff.

Dar nehmen se ehr in Deenst, se schall de Betten maken un upwaschen. Man se hett sik verkleed't as en ole Wief un hett en Dook um'e Kopp, dat 'n ehr Gesicht nich sehn kann. An'e Avend, as se ehr Arbeit daan hett, do sett se sik dal mit ehr lütte Spinnrad un spinnt Moss. Do süht de Deern, 'nem de witte Wulf de anner Sünndag mit to Kirch gahn will, de süht, up dat Spinnrad ward ut dat Moss Sied, un do seggt se to de Oolsch, se schall ehr doch dat Rad schenken. Se will ehr dat schenken, seggt de Prinzessin, wenn se een Nacht ünner de Deern ehr Leevste sin Bett slapen dörv. Un de Deern is inverstahn.

Man se schickt en Deener to Stadt, de mutt bi de Aftheker en starke Slaapdrunk kopen. De gifft se avends de witte Wulf in, un denn lett se de Oolsch – wat ja de Prinzessin is – sik ünner sin Bett leggen.

Do geiht de Oolsch ünner dat Bett bi un vertellt ehr heele Levensgeschicht: Dat se dree Süstern sünd, se de jüngste un smuckste; dat se ehr de witte Wulf to-seggt hebben; dat se up ehr Süstern ehr Hochtieden we'n sünd, up'e eerste se alleen, up'e tweete mit de witte Wulf; dat ehr Mudder de Deerns heeten hett, se schullen de Pelz upbrennen, un de junge Mann denn mit Storm afhuult is un ehr t'rügglaten hett; dat se denn ünner Tranen lostrocken is un söken em un is na de Wind, de Steern un de Maan kamen; dat se denn wieder gahn is na de Sünn; dat de Sünn ehr vertellt hett, se hett de witte Wulf sehn, man de will nu Hochtied maken mit en anner een, un dat de Sünn ehr seggt hett, wat se doon schall för un kamen rup up'e Glasbarg; dat se denn in de witte Wulf sin Slott rinkamen is un dat sin nüe Bruut ehr verlöövt hett, se dörv de Nacht ünner de Brüdigam sin Bett liggen. De witte Wulf hört vun all dat nix.

Man de Wächters vör de Dör, de slapen de Nacht nich, un se hören allens, wat se vertellt. Un de neeg-ste Morrn vertellen se dat se's Herr wedder. Do markt de witte Wulf, sin Fruu söcht em. Man he töövt bet Sünndag, wenn de Hochtied we'n schall. Do kamen dar en Barg Königs anfahrt, un do seggt he to se, he hett vun sin Kuffer de Sloetel verlaren hatt, un do hett he sik en nüe een maken laten, man nu hett he de ole wedderfunnen. Wat för'n Sloetel denn nu woll beter is, fraagt he. Do seggen all de Königs, de ole Sloetel is ümmer beter as de nüe. Ja, seggt de witte Wulf, un jüst so is sin fröhere Fruu beter as de anner. Un he lett sin nüe Bruut kamen un seggt to ehr, se kann gahn, sin eerste Fruu is wedder dar, he harr nich dacht, dat se em söken wurr. Nu hören se wedder tohopen, un se schall man wedder t'rügg gahn na ehr Vadder.

Unkel Hexenmeister

Dar is mal en Snieder we'n, de is bannig riek we'n un hett een Soehn hatt. As he dootblifft, do kann sin Fruu dat Geschäft nich lang' wiederföhren, denn de Soehn beklaut ehr an alle Ecken un Kanten, un supen deit he uck. Verdeenen deit he nix, he verjuxt blots ümmerto. Un do maken se bankrott.

De Jung geiht nu mal in'e Stadt rum un besöcht en Koopmann. Do kümmt dar en Herr, de lett em rutropen un fraagt em, um he nich hett en Unkel. Nee, seggt he. Man de Herr seggt, he is sin Vadder sin Broder, un he stickt em fiev Daler in'e Hand un schickt em na Huus, he schall to sin Mudder seggen, sin Unkel hett em de fiev Daler geven.

De neegste Morrn geiht de Jung wedder dör de Stadt, do lett de Herr em wedder na sik henkamen, schenkt em föftein Daler un schickt em na Huus na sin Mudder, se schall Middag kaken, he will dar henkamen. Do geiht de Jung na Huus. Man de Herr kümmt nich achterran, un do schickt de Mudder ehr Soehn hen, he schall de Herr Bescheed seggen to eten. De geiht nu uck mit em, man he geiht nich na de Sniedersche, he geiht mit de Jung rut ut'e Stadt un rin in en Holt. Un de Jung kriggt wunnerbar smucke Gaarns to sehn, un sodennig gahn se twölf Daag. Man in Wahrheit sünd dat nich twölf Daag, dat sünd twölf Jahr.

Do kamen se an en gewaltig grote Steen, un de Unkel seggt to de Jung, he schall de Steen wegwöltern. Man de Steen is so unbannig groot, de Jung ward heel bang'. Do seggt de Unkel, he schall de Steen man mal mit'e Hand anticken. De Jung deit dat, un de Steen rullt an'e Siet. Do ward he dar en Dör un en

122

Trepp wies, un de Unkel seggt, he schall de Trepp dalgahn. Man he is bang'. Do gifft de Unkel em en Ring, de schall he an'e Finger steken, seggt he, un wenn he bang' is, denn so schall he man de Ring an jichens en Stä' drücken un seggen, wat he will, denn so nimmt de Ring em de Angst. Un wenn he nu nedden is, seggt de Unkel, denn kümmt he in en grote, smucke Gaarn, dar schall he dör gahn, man he schall dar nix afplöcken, nich Appeln un nich Blöme. An't Enne vun'e Gaarn, seggt he, dar finnt he denn en Pieler, un up'e Pieler, dar steiht en Lamp. De schall he dalkriegen, seggt he, dat Öl utkippen un em de Lamp bringen.

De Jung deit, wat em heeten is, un finnt de Pieler, he kriggt sik de Lamp her, kippt dat Öl ut un stickt 'n denn vörn in sin Jack. Man up'e T'rüggweg plöckt he wecke Appeln un stickt de uck vörn in'e Jack, do is de ganz vull. As he denn wedder up'e Trepp kümmt, do röppt de Unkel, he schall em de Lamp herlangen. Man he kann dat Dings nich so gau mang de Appeln rutkriegen, un de Unkel denkt, he hett de Lamp gar nich mit, un do ward he so vergrellt, he kriggt de Steen faat un smitt 'n rup up'e Dör. Nu kann de Jung man dar nedden blieven!

Do ward he ja blarrn un stiggt de Trepp wedder dal. Man nu ward he an'e Ring denken, de de Unkel em geven hett, un do drückt he 'n an'e Trepp ran, un de Ring fangt an un snackt un fraagt em, warum he blarrn deit. Wat he woll nich blarrn schall, seggt he, wo he doch dar nedden bleven is. Do seggt de Ring, he schall dat Blarrn man nalaten un wedder na baven stiegen. He will de Steen wegwöltern, seggt de Ring, he is in Wahrheit en Engel un will em oeverall ut'e Noot helpen, solang' he 'n bi sik beholen deit. Do

stiggt de Jung wedder rup, de Steen schüfft sik an'e
Siet, un he is wedder buten.

Denn geiht he na Huus in'e Stadt un söcht dree
Daag lang na sin Mudder, ehrer he ehr finnen deit.
Man de dare dree Daag sünd in Wahrheit wedder
jüst so vel Jahr. Sin Mudder is düchtig oold wurrn,
un he fraagt ehr, warum se so oolt utsehn deit. Ja,
seggt se, se hebben sik ja föftein Jahr nich sehn. Un
denn fraagt se em, wat he ehr mitbröcht hett. Appeln
un en Lamp, seggt he un gifft ehr de. Sin Mudder
nimmt de Appeln in'e Hand, un se sünd smuck, man
hart as Steen. Eten kann 'n se nich, un do leggt se se
weg. Denn fraagt se ehr Soehn, wat se mit de Lamp
anfangen schoe'n. Se schall 'n man reinmaken un
verkopen, seggt de Jung, denn sin Mudder is bannig
arm un hett nix to eten. Do ward de Lamp snacken
un fraagt, wat se sik wünschen doon. Dat se se's
Eten un Drinken hebben, seggen se. Denn schoe'n se
'n man beholen un guut uphegen, seggt de Lamp. Do
verwahren se de Lamp, un se hebben nu en Barg
Geld un hebben guut to leven.

Nu wahnt dar in'e Stadt en König, de hett en Doch-
ter. De Deern fahrt morrns ümmer dör de Straten
hen to baden, un de König hett Order geven, to de
Tied schall keeneen up'e Straat we'n un all de Dören
un Finstern schoe'n tomaakt warrn. Nu will de Snie-
dersoehn geern mal de Deern to seh'n kriegen, un do
klarrt he rup ünner't Dack, maakt dar en Lock in't
Dack un stickt de Kopp rut. Do süht he denn uck de
Königsdochter, un se is bannig smuck, un do hett he
ehr foorts leev. Man nu weet he nich, wodennig he
sik hebben schall för un kriegen de Deern. Do nimmt
he de Lamp faat un seggt to 'n, 'n schall doch so guut
we'n un em en Raat geven, wat he doon mutt för un

124

kriegen de dare Deern. De Lamp seggt, he schall ehr sachs kriegen. He schall man wecke Säcke nehmen, seggt 'n, un schall de vull maken mit Geld. Dar schall he mit dör de Stadt fahren un dat Geld ünner de Lüüd smieten. Denn so warrn de Lüüd em vertellen, wonehm de Deern wahnen deit.

Dat deit he: He smitt all de Lüüd Geld hen (de Stadt is bannig arm we'n), un he fraagt, wonem de Deern wahnen deit, un de Lüüd seggen, in't rode Slott. Denn geiht he wedder na Huus, stellt de Lamp up'e Disch un seggt to 'n, dat 'n em en Barg Geld, Gold un Demanten un smucke Tüüg geven schall, he will na de Königsdochter. De Lamp gifft em allens, wat he hebben will, un fraagt denn, um he hett Perde. Nee, seggt he. Denn will 'n em twölf Perde herkriegen, seggt 'n, up dat eene schall he sik rupsetten, un up'e anner ölben will 'n sik sülven mit tein anner Engels setten un mit em henrieden na de Deern. Un he schall de demanten Appeln mitnehmen, de he sin Mudder mitbröcht hett, un anner kostbare Geschenken. Un wenn se denn vör dat Slott kamen, seggt de Lamp, denn so schall he an't Door anholen un bi de König un de Königin fragen, um he dörv rinrieden.

Sodennig kümmt dat uck allens, un as he bi de König un de Königin anfragen deit, do seggen se beide, he schall man rinkamen. Do stiggt he denn af, geiht in't Slott rin un kümmt hen na de Deern un vertellt ehr, wo leev he ehr hett. Un de Deern fraagt naher ehr Vadder un Mudder, wat se nu doon schall. He will ehr geern to Fruu hebben, seggt se, un he is en heel smucke Jungkeerl un strahlt man so vun Gold un Demanten, un he hett ehr demanten Appeln mitbröcht. Um se dat mit is, wenn se sin Fruu ward, fraagt se. De Mudder seggt, wenn se Lust hett, denn so schall se em man nehmen. Un do röppt ehr Vadder en Rieksdag tohopen, un dar kamen en Barg Eddellüüd vun wied un sied anfahrt, un se raatslaan, um se de dare Jungkeerl, de keeneen kennen deit, de Königsdochter to Fruu geven koenen. Un all seggen se, ja, he kann ehr kriegen, un de König schall för em un de Deern in dree Jahr en smucke Slott buun, 'nem se in wahnen koenen. Do seggt de Jung, um dat Slott schoe'n se sik man keen Gedanken maken, dat finnt sik sachs.

Nu blifft he dree Daag bi de König un geiht nich na Huus. Man denn kriggt he in'e Nacht sin Lamp her un seggt to 'n, dat 'n em noch in desülve Nacht en Slott herschaffen schall, dat Huus vun Sülver, de Dören un dat Dack vun Gold, de Footborms vun Demanten, un allens so smuck, as dat jichens angahn kann. Un de Lamp seggt, de neegste Morrn kann he dat Slott ferdig sehn un kann et sin Fruu ehr Vadder wiesen. Un as de Jung de neegste Morrn hoochkümmt, do steiht de Buu fix un ferdig dar un lücht't so prachtvull as de Sunn.

As de König un de Königin upstahn woe'n, do dücht se dat so hell in se's Kamer, un do fragen se se's Deeners, wat dar buten los is, dat dat in'e Kamer so hell is. Un de Deeners seggen, liek oeverför steiht en Slott, dat hett de Jung se schenkt, un dat is so gresig smuck, sowat hebben se noch nich sehn. As de König un sin Fruu denn na buten gahn un kieken sik dat Slott an, do verfehrn se sik, denn wat de Jung in een Nacht klaarkregen hett, dat harrn se in dree Jahr nich half so smuck t'rechtkregen. Do fragen se se's Swiegersoehn, warum he se dar nix vun seggt hett. Do seggt de Jung, wenn he will, denn so kann he se tein Sloet t'rechtkriegen vun de Aart, as se nich mal en halve een klaarkriegen kunnen. Do ward de Königin vergrellt, un se lett ehr Dochter kamen un seggt, ehr Mann is en Groffsack, denn he hett dat un dat to ehr, de Königin, seggt, un se seggt, ehr Dochter dörv nich mehr na em hengahn un nich mit em snacken. Do ward de Jung denn uck vergretzt, un he geiht rut in't Holt up'e Jagd. Man he verbiestert in't Holt un finnt nich mehr na Huus.

Nu maakt de Herr, de de Sniedersoehn de Ring schenkt un em dalschickt hett um'e Lamp, de maakt sik up'e Weg na de Königsdochter, dat he de Lamp hebben will. Man he is gar nich de Sniedersoehn sin Unkel, dat is en Hexenmeister, de kann allens verhexen. Mit allerhand nüe Lampen kümmt he nu vör dat Slott un fraagt de Deeners, um se nich hebben wecke ole Lampen, de se intuuschen woe'n gegen nüen. Een Deener geiht hen na de Fruu un fraagt. Do haalt se de Wunnerlamp her un gifft 'n de Hexenmeister för en nüe een. Se weet ja gar nich, wat för'n Schatz se dar weggeven deit. Man de neegste Nacht verswinnt dat Sülverslott un mit dat Slott de Königsdochter. De Hexenmeister hett se weghaalt.

Un de Jungkeerl biestert ümmer noch in't Holt rum un is an't Blarr'n. Do kümmt em en Jung in'e Mööt un fraagt em, warum he weenen deit. Wat he denn nich weenen schall, seggt he, he is verbiestert. Do seggt de Jung, he schall em sin Ring geven, denn so will he em ut't Holt rutbringen. Do fallt em mitmal in, de Ring, de hett em ja al mennigmal hulpen, de kunn em ja sachs uck nu ut'e Noot helpen, un he seggt to de Ring, de schall em helpen. Do seggt de Ring, he schall dat Blarrn man nalaten, he is ja al to Huus. Do ward he dat wies, he steiht richtig to

Huus, man sin Slott un sin Fruu sünd nich mehr dar.

De König lett em na sik herkamen un fraagt, wonem he sin Dochter henbröcht hett. Sin Slott, seggt he, dat is em schietegal. Un he antert, he weet vun nix. Do geiht de König na de Königin un fraagt ehr, wat se mit em anfangen schoe'n. Upbummeln laten, seggt de Königin, denn he hett ehr Dochter verswinnen laten. Se geven em noch tein Daag Respiet, dat he sin Fruu söken kann, anners schall he hängen. Man wonem schall he ehr söken? Heel mall in'e Kopp geiht he na en Afthek un will wat hebben, 'nem he sik mit an'e Kant bringen kann. Man de Aftheker, de hett he mal en Barg Geld schenkt, un do gifft de em keen Gift, man en söte Drunk, dar slöppt he vun in. De neegste Morrn ward he waak, un do is he so vertwiefelt, he will sik versupen. He geiht in't Water, un do kümmt he mit sin Ring an en Wichel, un do fangt de Ring an un snackt un fraagt, warum he in't Water gahn deit. He will sik afsupen, seggt he, wiel he sin Fruu nich finnen kann. Do seggt de Ring, he schall umkehren, he schall sin Fruu finnen, de Ring will em henbringen. He schall de dare Padd langgahn, seggt 'n, glieks sünd se dar.

Do geiht he de Padd lang un ward foorts sin Slott wies. Un as he dar henkümmt, do kennen de Deeners se's Herr foorts wedder un warrn weenen un vertellen em, nu hebben se en leege Herr un se sünd hellschen bang' vör em. Denn fraagt he, wonem de Fruu is, un de Deeners seggen, dat koenen se em nich seggen, se kriegen ehr nich to sehn, se is inspunnt in en pickendüüstere Stuuv. Do gifft he een Deener en tohopenleggte Papier, dar is en Pulver in, un he seggt to de Deener, dat schall he de Fruu bringen. Se schall dat Pulver de Hexenmeister in'e Tee doon. Wenn he de Tee drinken deit, denn so slöppt he in. Un he gifft de Deener en scharpe Mess mit to sin Fruu: Wenn de Hexenmeister inslapen is, denn schall se em dar gau de Rügg mit upsnieden, dar is de Lamp in verstaken, de schall se denn gau nehmen un rutkamen.

De Deener geiht hen un seggt de Fruu allens, un se deit, wat ehr Mann seggt hett: Se haalt de Lamp ut'e Hexenmeister sin Rügg rut un löppt dar denn gau na ehr Mann mit. Un se weent, se hett em ja so lang nich sehn. Do seggt he, he hett noch mehr weent as se, man nu woe'n se gau wegfahren. Wenn de Hexenmeister waak ward, seggt he, un he kriggt se faat, denn so maakt he se doot. Do setten se sik gau mit de Lamp in en Kutsch un fahren afste', un dat Slott steiht nu uck foorts wedder an sin ole Platz.

As de König un de Königin nu se's Dochter weddersehn, do freun se sik bannig, un se sünd uck blied, dat dat kostbare Slott wedder dar is. Un se maken en grote Fest, dar warrn all Eddellüüd to inladen. Man de Jung lett nu de Lamp versteken, dat de Unkel 'n nich wedderkriggt. He stickt 'n an, un tein Engels moeten 'n wahren.

As de Hexenmeister waak ward, do ward he splitterndull. Man he kann de Sniedersoehn nix doon, denn de hett twölf Engels un he sülven man een. Man he spickeleert doch, wodennig he de Lamp wedderkriegen kann, un dar geiht he sodennig up los: He nimmt wecke Medizinbuddels un Schosteenfegerbessens. Dar geiht he mit na de Sniedersoehn sin Slott un fraagt de Deeners, um dar vellicht een is krank. Ja, seggen se, de Fruu is krank, un een Deener röppt de Herr, dat de wegen sin Fruu mit de Dokter snacken kann.

De Herr kümmt rut un fraagt de Hexenmeister, wat he will. De Hexenmeister seggt, he is en grote Dokter. Man de Sniedersoehn is nich doesig, he weet, wat dat för'n Dokter is, un he seggt, sin Fruu is krank un kann nich upstahn, un so bruukt he en Dokter. Man he hett ja uck Bessens, seggt he, denn schall he em man eerstmal de Schosteen fegen. De Hexenmeister fegt de Schosteen, un nu is he en schietige, swatte Dokter. Do seggt de Sniedersoehn to em, he mutt sik nu eerst waschen, so missig kann he ja nich bi sin Fruu kamen. As de Hexenmeister sik nu waschen deit, do kann he nix sehn, un do kümmt de anner vun achtern an em ran un snitt em de Kopp af. Un de Kopp hackt he in Stücken, dat he nich wedder lebennig warrn kann. Un de Dokter sin Rump lett he an de See fahren un in't Water smieten, dat de Fisch em upfreten.

Nu freun se sik all un sünd nich mehr bang' för de Hexenmeister. Man för de König un de Königin buut de Sniedersoehn en Slott, noch vel smucker as dat, 'nem he sülven in wahnen deit, un de König schenkt em sin heele Land un allens, wat he hett un maakt em to König. De junge König blifft in sin ole Slott wahnen, un he levt dar so fein un vergnöögt, em dücht meist, he is in'e Himmel.

De Glasbarg

Up en hoge Glasbarg hett mal en Slott stahn vun idel Gold, un vör dat Slott en Appelboom mit gollne Appeln. De en Appel hett plöcken kunnt, de hett in't Slott ringahn kunnt, un dar binnen hett mang Bargen vun Gold un Sülver en verwünschte Königsdochter seten, de is wunnerbar smuck we'n.

En Masse Ridders hebben al versöcht un kamen rup up'e Barg. Mennig een is up en Perd mit scharpe Iesens na baben klarrt, man up halve Weg is he vun de glatte un steile Barg dalfullen. De eene hett sik de Arm braken, de anner dat Been, un mennig een uck dat Gnick.

De smucke Prinzessin süht vun ehr Finster, wodennig de staatsche Ridders vergevs versöken un kamen na baven, un se luert al soeven Jahr up een, de ehr erlösen deit.

Rund um'e Barg liggen en Barg Lieken – Ridders un Perde. De hele Gegend süht ut as en Kirchhoff.

Dar fehlen blots noch dree Daag an de soeven Jahr, do ritt en Ridder in en gollne Antog up en staatsche Perd na de Glasbarg. Mit en düchtige Anloop kümmt he halv na baben un heel wedder dal.

So wied is em dat glückt, un do versöcht he dat de neegste Dag nochmal. Dat Perd stampt up dat harde Glas, dat Füer springt dar man so rut. Ruckzuck is de Ridder baven bi de Appelboom. Do stiggt dar en grote Falk tohööcht, bruust mit sin brede Flünken un dröppt dar de Ogen vun dat Perd mit. Dat Perd schuut, stiggt hooch, sin Achterfööt glitschen ut, un dat fallt mitsamt de Ridder de steile Barg dal. Vun beide blifft nix na as de Knaken, un de kloetern in de verbuulte Ridderantog as Arfen in en Swiensblaas.

Nu fehlt dar blots noch een Dag bit na't Enne vun dat soevente Jahr. Do kümmt dar en flotte Student an, en smucke, starke un grote Jungkeerl. He hett al to Huus bi sin Vadder un Mudder vun de Prinzessin hört, un darum hett he al in't Holt en Luchs um'e Eck bröcht. Nu maakt he de Krallen vun dat Deert an sin Hänne un Fööt fast, un up de Aart kümmt he glücklich halv na baven. De Sünn is al bi un gahn ünner. He kann knapp Luft halen, so möö' is he, sin Mund is heel dröög vör Dörst. En swatte Wulk kümmt vörbiflagen, un he bedelt, de schall doch man tominnst een Drüpp fallen laten, he maakt de Mund up – man nix is. De Wulk flüggt vörbi, nich een Drüpp Dau maakt em de Lippen natt.

Sin Fööt sünd heel blöddig. He hollt sik blots noch mit de Hänne. De Sünn is weg. He kickt na baven, he will nochmal de Spitz vun'e Barg sehn. Dar mutt he de Kopp so bi hochböhren, em fallt sin feine Mütz dal. He kickt na nedden – Dunner, wat is dat deep, un wat stinken de Lieken!

Denn ward dat heel düüster. De Steerns schienen bleek up'e Glasbarg. De drieste Student hängt an sin Hänne as ansmed't. Sin Knoev is all, un he luert up'e Dood. Do maakt de Slaap em de Ogen dicht. He vergitt de Gefahr un slöppt sachen in. Man de scharpe Krallen sünd so fast in't Glas hackt, bet Middernacht slöppt he heel ruhig un fallt nich dal.

De Falk, de de Appelboom wahren deit un de Ridder mit dat Perd dalsmeten hett, de flüggt elkeen Nacht um de Barg un passt up. As nu de Maand upgahn is, do flüggt 'n wedder in'e Luft rum, ward de Jungkeerl

132

wies un geiht bi em dal. Dat Beest meent, dar gifft dat en frische Liek un freten vun. Man de Jungkeerl slöppt nich mehr. He süht de Vagel un oeverleggt, wodennig he sik mit de Hülp vun dat Deert retten kann.

De Falk haut sin scharpe Krallen in'e Jungkeerl sin Fleesch. Do kriggt de mitmal de Beens vun'e Vagel tofaat un lett sik vun em hoochdrägen in'e Luft. Dat Slott up'e Barg glemt in'e bleeke Maandschien as en Traanfunzel. As se dicht bi de gollne Appelboom sünd, do kriggt de Jungkeerl en Mess ut sin Lievreem un snitt de Falk beide Fööt af. Vör Wehdaag stiggt de Vagel bet rup in'e Wulken, man de Jungkeerl fallt dal in'e breede Telgen vun'e Appelboom.

Do treckt he de Falkenfööt – de sitten ja noch mit de Krallen in sin Fleesch – de treckt he rut, leggt de Schell vun en gollne Appel up'e Wunn, un foorts is 'n heel.

Denn plöckt he sik de Taschen vull mit so'n gollne Appeln un geiht driest rin in't Slott. De Hoffplatz is vull mit Blöme un feine Böme, un up'e Balkon sitt de verwünschte Königsdochter mit ehr Folg. Se kümmt em in'e Mööt un begrööt't em as ehr Herr un Ehmann. Se oevergifft em all dat Gold un Sülver, un de Jungkeerl ward en rieke, mächtige Herr. Dal up'e Eerde geiht he nich wedder.

Mal geiht he mit sin Fruu in'e Gaarn spazeern. Do sehn se nedden an'e Barg en Masse Minschen. Se ropen de Swulk, de bruken se in't Slott as Baad, un se seggen to de lütte Vagel, de schall henfleegen un fragen, wat dar los is.

De Swulk flüggt gau afste'. Nich lang', do kümmt 'n t'rügg un vertellt, dat Falkenbloot hett de Lieken dar nedden wedder lebennig maakt. Vundaag warrn se all waak, as harrn se slapen, setten sik up se's staatsche Perde, un all de Lüüd kieken sik dat grote Wunner an.

De Suldaat

Dar is mal en Suldaat we'n, de is oold wurrn un hett nich mehr deenen kunnt. Do geiht he weg un hett anners keen Lohn kregen as dree Bröde. As he nu mit sin Bröde en Stück gahn is, do kümmt em en Mann in'e Mööt un fraagt em, um he em nich een Brood verkopen will. Ja, seggt de Suldaat, he verkööfft een. De Mann nimmt dat Brood un seggt em to, he will dat de neegste Dag betahlen. Denn bemött he en tweete Mann, de will uck geern en Brood hebben. De Suldaat gifft em een, un de seggt em uck to, he will dat de neegste Dag betahlen. De Suldaat geiht wieder, un wat later kümmt em wedder en ole Mann in'e Mööt un fraagt, um he em sin Brood verkopen will. Nee, seggt he, ganz kann he em dat nich verkopen, man he kann em ja dat halve geven. Guut, seggt de Ole, denn schall he em man dat halve Brood verkopen, he will dat de anner Dag betahlen.

De neegste Dag bemött he eerst de eene Mann, de seggt, he will em dat Brood betahlen, un he gifft em en Büx, dar ward in'e Tasch dat Geld nie nich all in. Denn kümmt em de tweete Mann in'e Mööt un seggt, nu will he em dat Brood betahlen, wat he güstern vun em kregen hett, un he gifft em en Spill Kaarten, de winnen ümmer. Na en Stoot kümmt de drütte Mann bi em an, he will dat halve Brood betahlen, un he gifft em en Sack, dar blifft allens in sitten, wat he dar rin deit.

Dat ward Avend, un de Suldaat geiht rin in en Huus un fraagt, um he dar kann Nacht blieven. Do seggt de Herr vun't Huus, in'e Saal, dar weer sachs Platz för em, man dar kümmt ümmer de Düvel un ramentert dar rum. Man de Suldaat geiht dar driest rin in'e Saal. He hett sik jüst dalleggt to slapen, do kümmt de Düvel an un ritt em de Dek weg un ward en gewaltige Radau maken. De Suldaat treckt de Dek wedder hooch un fraagt, wat se denn so'n Krach maken, se schoe'n em doch slapen laten. Denn leggt he sik wedder dal un slöppt in. Man de Düvel larmt un pultert gresig un nimmt em wedder de Dek weg, un he will uck dat Bett in Dutt hau'n. Do steiht de Suldaat up un seggt, he schall dar man nich so'n Radau maken, he schall man leever Kaarten mit em spelen. Dar is de Düvel mit inverstahn. Man he verspelt all sin Geld, toletzt hett he blots noch twee Sülvergröschens up'e Hamborger Bank. Do will he nich mehr spelen. Denn schall he sik man afglieden, seggt de Suldaat.

He leggt sik in sin Bett, un de Düvel geiht wedder bi un pultert un maakt Larm. He schall dat Ramentern nalaten, seggt de Suldaat, anners stickt he em in'e Sack. Man de Düvel will nich hören. Do steiht de Mann up un seggt: „Rin mit di in'e Sack!" Do mutt de Düvel dar rin, un de Mann smitt de Sack rup up'e Aben.

De neegste Morrn kümmt de Herr vun't Huus, he will mal kieken, wodennig dat sin Gast gahn hett. Do liggen dar Bargen vun Geld up'e Del. De Suldaat fraagt, um dat nich en Smidt geven deit in dat Dörp. Ja, seggt de Herr vun't Huus, se hebben dar soeven Stück. De soeven warrn all herrapen. Se slepen de Sack up en grote Steen, un de Smälüüd un se's Gesellen haun dar up rum mit grote Hamers. De Düvel, de springt un huult, un de stackels Keerl warrn sogar de Beens toschannen haut. Do versprickt he, he will nie nich mehr in dat dare Huus kamen.

136

Nu is de Suldaat ja gefährlich riek. He geiht hen na de König, 'nem he bi deent hett, un se gahn bi un drinken tosamen, se supen ganz utverschaamt. Do seggt de König mal, em haalt bald de Dood. He schall em man Bescheed seggen, wenn he kamen deit, seggt de Suldaat, denn will he versöken un setten em dar en „P" vör. He kümmt al, röppt de König. Do stickt de Suldaat sin Sack in'e Dörsplet, un de Dood fahrt rin in'e Sack. Gau binnt he sin Sack to un smitt 'n rup up en Boom. Denn süppt de König mit de Suldaat noch en paar hunnert Jahr. In de Tied kann ja keeneen dootblieven. Man mal lett de Suldaat in sin dune Kopp de Dood rut ut'e Sack, un do blifft he to- eerst doot, denn de König, un denn blieven up een Slag all de doot, de eegens in de dare ganze Tied harrn starven schullt.

Vun'e kloke Hans, de König wurrn is

Dar is mal en Mann we'n un en Fruu, de sünd bannig riek we'n, un se hebben en Soehn hatt, de hett Hans heeten. Hans is klook we'n un hett in de School en Barg Spraken lehrt. Man as he denn an'e Universität kümmt, do ward he en Bummelant un en Suuput. Un dat ward nich beter, as he denn na de Suldaten mutt. Do levt he jüst so, as he dat as Student anwurrn is, in Suus un Bruus. He lett annern för sik up Wacht trecken, gifft arig wecken ut för sin Boeverlüüd, un do duert dat nich lang', un sin Geld is all. Do schrifft he na Huus an sin Vadder, he schall em 5000 Daler schicken, de bruukt he för un warrn Off'zeer, schrifft he. Sin Vadder schickt em dat Geld, un nich lang', do is dat uck versapen un verjuchheit. Nu schrifft he nochmal na Huus, sin Vadder schall em nochmal 6000 Daler schicken, de bruukt he för un warrn Generaal. Uck dat Geld schickt sin Vadder em, un he bringt dat denn wedder dörch mit sin Boeverlüüd. Nu will he nochmal Geld vun sin Vadder hebben, un he schrifft darto, he will nu König warrn, man dat geiht nich ahn Geld, dat nüe Tüüg kost doch alltovel. Nu hett sin Vadder aver blots noch 1000 Daler, dat is allens. De schickt he em denn uck, man he schrifft darto, nu kriggt he nix mehr, dat schall he sik man marken. Man dat dare Geld is uck bald all. Wat nu? Hans will utneihn, man he hett keen Penn mehr up'e Naht, un do mutt he dat nalaten. Aver he is ja en grote, staatsche un smucke Keerl, un dat helpt em ut de Bredulje.

Denn dar kamen mal na de König, 'nem Hans bi deenen deit, dar kamen en Barg anner Königs to Gast, un Hans steiht jüst up Wacht vör de König sin Slott. De Königs snacken darvun, wokeen vun se de smuckste Suldaten hett, un as nu een vun se ut dat Slott rutkümmt, dat he sik de Suldaten ankieken will, do kriggt he foorts unse Broder Lichtfoot up Sicht, un de gefallt de dare König so guut, he schenkt em 300 Daler. Nich lang', do kümmt dar noch en König rut ut't Slott, un denn noch een, un de schenken Hans uck elkeen 300 Daler. Un do denkt he sik, nu kannst du dissenteern. Man as he noch so oeverleggen deit, do kamen dar twee Generaals lang, de snacken tosamen in wat weet ik, wat för'n Spraak, un de eene seggt, he is in de un de Stadt bi en Koopmann we'n, de hett en Dochter, de is so smuck, he hett ehr – blots för't Ankieken – 15000 Goldstücken geven. Do seggt de anner, bi de is he uck we'n, un he hett ehr darför, dat se em de Hand geven hett, uck 15000 Goldstücken betahlt. De beide Generaals denken dar ja nich an, dat en eenfache Suldaat se's Spraak verstahn deit, man Hans hett allens verstahn, un do seggt he to se, se sünd doch grote Doesköppe. Wenn he 15000 Goldstücken harr, seggt he, denn so kreeg he ehr doch foorts to Fruu. Dar argern de Generaals sik oever, un de neegste Morrn gahn se na de König un beklagen sik bi em, dat so'n eenfache Suldaat hett „Doesköppe" to se seggt.

De König lett Hans vör sik kamen un fraagt em, wo he darto kamen is un hett to sin Boeverlüüd „Doesköppe" seggt. Do vertellt Hans em allens, wodennig dat togahn is, un do maakt de König en Verdrag mit em: He will em 15000 Goldstücken un een Jahr Verlööv geven. Man kriggt he in de Tied nich de Koopmann sin Dochter to Fruu, denn so schall he uphängt warrn. Un denn kann Hans sik afglieden.

Hans hett ja wat lehrt, un de wat lehrt hett, de kümmt oeverall torecht. He geiht na de Stadt, 'nem de dare Koopmann wahnen deit, un geiht foorts hen na em. Nu hett de Koopmann Stuven, de verhüert he an Fremden, un dar meed't Hans sik een vun, un he betahlt 300 Daler de Dag. Nu is de Koopmann bekannt mit all moegliche Königs, un sin Dochter hollt to mit en Prinz. Un een Dag gifft he en Fest, dar warrn allerhand Königs to inladen un de dare Prinz uck. As de Prinz nu mal bi dat Fest mit de Koopmannsdochter alleen rutgeiht in'e Gaarn, do sliekert Hans sik uck heemlich rut in'e Gaarn un beluert se. Un de beiden snacken in en Spraak, de is in dat dare Land nich begäng, man Hans versteiht 'n. De Deern seggt to ehr Leevste, he schall to Nacht na ehr in ehr Kamer kamen, denn koenen se wieder snacken. Wodennig he dat denn woll maken schall, fraagt de Prinz. Do seggt se, he schall Klock twölf kamen un mit Arften dreemal an ehr Finster smieten, denn weet se, he is dat, un denn lett se em rin. Denn gahn se wedder t'rügg na de anner Gäste, un so bi lütten geiht dat Fest to Enne.

Un as dat nu hen bi Klock twölf is, do stellt Hans sik ünner de Koopmannsdochter ehr Finster, smitt dreemal en Handvull Arften an dat Finster, de Deern maakt up, un Hans klarrt rin. Licht hett se nich anmaakt, un sodennig ward se dat nich wies, dat dat anners een is. Hans un de Deern, de ficheln nu tohopen, un se fraagt em, um he nich noch Geld nödig hett för un reisen na Huus. Ja, seggt Hans, un do seggt se, dar steiht ehr Kuffer, dar schall he sik man rutlangen, wat he bruken deit. As se dat seggt, do geiht dat wedder mit Arften: barr, barr, barr! an dat Finster, un dat is nu ja de Prinz. De Koopmannsdochter wunnert sik, wokeen dat nu woll is, un do seggt Hans, dat is sachs de Hallunk, de mit se in'e Gaarn we'n is, de hett dat sachs verstahn, wat se mit'nanner snackt hebben. Um se nich wat bi de Hand hett, fraagt he, wat se em up'e Kopp göten koenen. Do haalt de Deern de Nachtputt ünner dat Bett rut, maakt dat Finster up, un as de Prinz eben rinstiegen will, do gütt Hans em de Putt liek in't Gesicht. Do ward de Prinz bölken, ehr schall de Düvel halen, twüschen se is dat ut! Un weg is he. Man Hans geiht nu an'e Kuffer un langt sik dar en Barg Geldschiens rut un stoppt sik de Taschen vull, vörn de Bost, de Stevelschechten un wonem he man wat loswarrn kann. Darbi geiht em en Knoop af vun sin Jack un kullert ünner dat Bett. Un de Deern fraagt em, wat he dar denn verlaren hett. Och, seggt Hans, em is sin Klock dalfullen, un he kann 'n nich finnen. Do seggt de Deern, he schall man ehr Klock nehmen, de liggt dar up'e Kommoo'. Hans nimmt de Klock un stickt 'n in'e Tasch. Un denn glitt he sik wedder af dör't Finster.

De neegste Dag geiht Hans to Stadt un köfft sik en smucke Antog, so as de feine Herrn de hebben, un he nimmt sik en Deener, denn nu hett he ja Geld hupenwies. Un to Huus sett he sik dal un schrifft un rekent, as harr he weet Gott wat för'n grote Hannels-geschäften um'e Hand. Do geiht de Koopmann jüst mal dör sin Loscheergäste se's Stuven, dat he se mal ankieken deit, un as he dör Hans sin Stuuv kümmt, do süht he em dar sitten un en Breef schrieven. Un do kickt he em oever de Schuller un lest, Hans luert up 700 Schep mit Waren, de schoe'n in'e neegste Daag in de Haven vun'e Stadt inlopen. Oha, denkt he, de is mal riek! Un achterher vertellt he all de

Lüüd in't Huus, wat he dar för'n rieke, junge Koopmann bi sik wahnen hett. De neegste Nacht sitt Hans de heele Nacht hendör an sin Disch un tellt Geld un rekent na Dusende un Milljonen, un dat heel luut, dat de Koopmannsdochter dat in ehr Kamer uck hören schall. De vertellt denn uck de neegste Morrn ehr Vadder, Hans hett de heele Nacht rekent, un se hett vun sin Geldtellen keen Oog toklappen kunnt. Do geiht de Koopmann hen na Hans un seggt, he schall doch dat lude Reken bi Nacht nalaten, un Hans seggt em dat to.

De neegste Dag smitt Hans allerhand Schiens up'e Del ünner sin Disch un seggt to sin Deener, he schall dat Geld nich upsammeln, he schall dat, wenn he utfegen deit, mit rutfegen. Dat deit de Deener denn uck, un do kümmt de Koopmann sin Vadder, de wahnt dar uck mit in dat Huus, de kümmt dar oever to, un as he de Geldschiens süht, do seggt he to de Deener, wat he dar denn maken deit, he fegt ja dat Geld mit rut. Och, seggt de Deener, sin Herr, de hett noch Geld nugg. Un he fegt de Schiens mit up'e Schietschüffel un smitt se mit dat Fegsel na buten. Do geiht de Ole hen, sammelt dat Papiergeld tohopen un wiest dat sin Soehn un de annern un seggt, de dare Keerl mutt ja en Barg Geld hebben, wenn nich mal sin Deener dat upsammeln deit.

Later geiht sin Soehn hen, he will Hans Bescheed seggen to Middag, un do liggt Hans noch in't Bett, un de Deener seggt to de Koopmann, he schall nich so'n Krach maken, sin Herr liggt noch in't Bett, he hett wedder de heele Nacht Geld tellt. As de Koopmann nu noch so mit de Deener snackt, do steiht Hans up, wascht sik un kümmt denn to Disch. Bi't Eten fraagt de Koopmann em, um he noch Jungkeerl is. Ja, seggt

142

Hans. Warum he sik denn nich en Fruu nehmen deit, fraagt de Koopmann wieder. Un Hans seggt, he will nich de eerste beste hebben, un een, de em gefullen harr, so een hett he noch nich funnen.

As Hans denn weg is, do seggt de Deern to ehr Vadder, he schall doch mal wedder so'n Fest geven as domals. Dat is de Vadder recht, un dar warrn wedder en Barg Königs un Kooplüüd inladen, un darmang uck Hans. An de Prinz, de Dochter ehr Leevste, ward uck so'n Breef schreven, man de is so vertürnt, he antert nich mal. Bi dat Fest geven nu all de Königs un Herrn 15000 Goldstücken darför, dat se de Koopmann sin Dochter ankieken dörven, un Hans gifft uck so vel. Un as dat denn an't Danzen geiht, do danzt keeneen so fein as Hans un de Koopmannsdochter, un dar is keen Paar so smuck as de beiden. Un do seggt een vun de Königs, wenn Hans sin Swiegersoehn weer, denn so wull he em sin halve Riek oeverschrieven, un en anner seggt, weer he sin Swiegersoehn, he oeverschreev em dat heele Riek, man de Koopmann seggt, wenn he sin Swiegersoehn ward, denn so oeverschrifft he em 700 Schep mit Waar un allens, wat darto hört.

Nu geiht Hans mit de Deern en beten rut in'e Gaarn, un se spazeern dar en beten rum un snacken tohopen in Gott weet wat för'n frömde Spraak. Na en Wiel seggt de Deern, um se doch uck nich to lang' in'e Gaarn rumgahn. Do kriggt Hans de Klock ut'e Tasch, dat he nakieken will, un do süht de Deern, dat is ja ehr Klock de he dar hett. Un do fallt ehr dat wedder in, domals na de Nacht hett se nich de Klock funnen, man en Knoop ut Tinn, un dat hett se sik nich verklaren kunnt. Man nu ward ehr allens klaar, un se seggt to Hans, wo he ja doch al mal bi ehr de

Anfang maakt hett, do schall he dar man uck bi blieven, un Hans versteiht, wat se meent. Un as se nu na dat Huus hengahn, seggt de Deern, Hans schall de anner Dag middags Klock twölf dar hen kamen in'e Gaarn. Ehr Deenstdeerns bringen denn ehr Bett rut to utlüften. He schall denn in dat Bett rinkrupen, un se will de Deenstdeerns seggen, se schoe'n gau ehr Bett wedder rinbringen, dat süht na Regen ut. Hans seggt ehr dat to, un denn gahn se t'rügg na de anner Gäste. De anner Dag kamen Hans un de Koopmannsdochter denn richtig in de Deern ehr Kamer tohopen, so as se dat afmaakt hebben, un as sik dat jüst so passt, lett se em denn wedder rut. Un vör dat Middageten, as de Koopmann bi Hans rinkümmt un em Bescheed seggen will to Middag, do sitt Hans wedder dar un tellt Geld, so as harr he de heele Dag noch nix anners daan.

Nu duert dat nich mehr lang' un Hans un de Koopmann sin Dochter sünd Mann un Fruu, un de Koopmann geiht na de Börgermeister un verschrifft Hans vun sin 800 Schep 700 as Mitgift. Un Hans un sin Fruu fahren mit de 700 Schep na de Stadt, 'nem Hans Suldaat we'n is. As se dar ankamen, lett Hans eerst noch sin Fruu up't Schipp t'rügg un geiht alleen na de Stadt rin. Un he köfft gau en grote Generaal sin Huus af mit all de Deensten un allens, wat dar in is, un denn haalt he sin Fruu na Huus.

Un denn geiht he mit ehr hen na de König, un he nimmt allerhand kostbare Geschenken mit up en Präsenteerteller. He stellt sik de König vör as Mann vun de Koopmannsdochter, un de König un de Königin kieken ehr an, un se gefallt se, un för dat Ankieken geven se beide 15000 Goldstücken. Man denn nimmt de König Hans bisiet, un Hans mutt sin feine

Tüüg ut- un de Uniform antrecken, de he do as een-
fache Suldaat anhatt hett. Nu weet sin Fruu nich,
wonem he afbleven is, un se meent al, em is wunner
wat Leeges passeert, un se fallt dal an'e Grund un
ward gewaltig blarrn. Man de König seggt to Hans,
he mutt nu sin Kameraden un all sin Boeverlüüd
todrinken. Un do ward dar up en frie Platz en Barg
Brammwien upfahrt, un as se all dar sünd, drinkt de
König de eerste Snaps Hans to. Denn seggt he to
Hans, he schall sin Boeverlüüd todrinken, un Hans
fangt bi de ünnerste an un geiht denn ümmer höger
rup. Un de König hett dar Snieders henbestellt, de
hebben Uniformen mit vun all Slag'en vun Offizeers.
Un elkeenmal, wenn he en högere een todrinken
deit, mutt Hans de Uniform wesseln, eerst vun een-
fache Suldaat to Kaptein, denn vun Kaptein to Gene-
raal, un sodennig wieder bet hen to de boeverste
Generaal, de kümmt foorts achter de König. Un to-
letzt drinkt Hans sogar de König sülven to. Un de
König schenkt em dat halve Riek un sin halve Slott.
Na en Reeg vun Maanden kümmt de König to liggen
vun en sware Krankheit, un do verschrifft he Hans
dat heele Riek. Denn blifft de König doot, un nu is
Hans König.

Hans hett al en Tied regeert, do fraagt sin Fruu em
mal, um he noch hett Vadder un Mudder. Ja, seggt
he. Do seggt se, he schall doch henfahren un halen
se. Un do nimmt he sik ölben Generaals mit, un se
maken sik to Perd up'e Weg. As se meist dar sünd,
do kamen se in en unbannig grote Holt. Merrn in dat
Holt is en Kroog, un dar woe'n se Nacht blieven. Man
de dare Kroog hört twölf Rövers to, un mit de spelen
de Generaals Kaarten un verleern allens, wat se
hebben. Dat is man een Glück för de König, dat he

nich mitspelt hett, denn nu geiht de Striet los, un de Rövers maken de Dör na de Keller up, un all ölben Generaals rasseln dar nu dal. Man de König, as he dat wies ward, de neiht ut rut in't Holt mit nix an as en Ünnerbüx. Man he weet, glieks achter dat Holt, dar is dat Huus vun sin Vadder un Mudder, un do löppt he de Nacht dör, bet he to Huus is. Dar krüppt he in'e Backaben, un ut de Puust, as he is, slöppt he foorts in. De neegste Morrn kümmt de Oolsch rut un will Füer anmaken, do süht se de Fööt vun en Minsch un verfehrt sik bannig. Se löppt rin na Stuuv un röppt de Ole, he schall doch blots mal rutkamen, dar liggt en Keerl in se's Backaben. Do kümmt Hans denn rutkrabbelt, un de Ole süht, dat is sin Soehn. He is ja sachs vun de Suldaten weglapen, bölkt he em an, wenn de to weeten kriegen, he is dar, denn so kriegen se nix as Maleschen mit em. Un he neiht em een in't Gnick un jaagt em rut, un do mutt Hans up'e Weid sin Vadder sin Zegen wahren.

Hans sin Fruu luert lang', dat he wedderkamen schall. Man as he ümmer nich kamen deit, do maakt se sik sülven up'e Weg, se will em söken. Se treckt sik Mannstüüg an, stickt sik en Landkaart in'e Tasch, lett veer Perde vör en Kutsch spannen un nimmt uck en Trupp Suldaten mit. Se kümmt na desülve Kroog as ehr Mann, un se will dar Nacht blieven. Do süht se in'e Kroog en Uniform an'e Wand hängen, un dar steiht ehr Mann sin Naam in. Se verfehrt sik bannig un meent, ehr Mann is nu sachs al doot. Un se seggt to ehr Suldaten, se schoe'n de Keerls in'e Kroog fastsetten. Man de Rövers hebben en Lock in'e Wand vun se's Keller, un se witschen all weg un lopen rin in't Holt. Do seggt een vun de Suldaten to de Königin, wat se em geven will, denn so

146

will he de Rövers wedder ranhalen. De Königin seggt, he schall Kaptein warrn. Do geiht de Suldaat rut un fleutet eenmal, do kamen all de Rövers ut dat Holt wedder t'rügg. Nu fraagt de Königin de Rövers, wonem de Mannslüüd sünd, de domals oever Nacht in'e Kroog bleven sünd. Un de Rövers vertellen, ölben darvun hebben se um'e Eck bröcht, man de boeverste is se utneiht. Do seggt de Königin to ehr Suldaten, se schoe'n de Rövers dootschöten. Denn geiht se in de Rövers se's Keller, dar liggen de dode Generaals un en Barg Geld un Tüüg. Un Perde un Kutschen un anner Wagens stahn blangenan in en Stall, un se lett de Perde vör de Kutschen un Wagens spannen un all de Kraam vun de Rövers upladen, un denn fahrt se dar wieder mit, se will de König söken.

Se hett sik de Naam vun dat Dörp, 'nem ehr Mann sin Vadder un Mudder wahnen, upschreven, un nich lang', do kümmt se dar richtig hen, un de Suldaten stellen sik um dat Huus vun Hans sin Öllern. As de Oolsch all de Suldaten wies ward, do do kriggt se dat Schriegen, un do ropen de Suldaten, se schall dat Bölken man nalaten un se seggen, wonem de König is. Dat hett Hans sin Vadder hört, un he seggt, bi se gifft dat keen König, man sin Soehn is utneiht vun de Suldaten, un wenn se em söken: He is dar günt an't Holt un wahrt de Zegen. De Suldaten weeten foorts, dat is keen anner as de König, un do fahren se mit en Kutsch hen na't Holt för un halen em.

Hans sitt an en Füer un warmt sik, man sin Zegen, as se all de Suldaten ankamen sehn, do lopen se rin in't Holt, un weg sünd se. Un de Suldaten fallen all vör de Zegenwahrer up'e Kneen, un se setten em in'e Kutsch un fahren mit em na de Kaat. Dar ward Hans denn baad't un wuschen un kriggt sin Königstüüg an. Sodennig präsenteert he sik för sin Vadder un fraagt, um he em wedderkennen deit. Sin Vadder hett doch domals meent, seggt Hans, he harr sin Geld dörbröcht, un do hett he em wedder schreven, he wurr König, un dat is he nu uck. Un denn lett he sik vun sin Fruu en grote Summ Geld geven, de schenkt he sin Vadder, un de kann sik nu wedder en grote Herrenhoff kopen.

Sodennig is Hans dör sin Plie König wurrn.

De Hoppetuuts[1]

Dar is mal en rieke König we'n, de hett dree Soehns hatt. Twee sünd klook we'n, de drütte doesig. As se groot wurrn sünd, do will de Vadder geern hebben, se schoe'n sik verheiraden. Un do gifft he se Piel un Bagen un seggt to se, se sünd nu ja groot un stark wurrn. Nu ward dat bald Tied, dat se an smucke Fruuns denken; he will geern, ehrer he dootblieven deit, sin Kindskinner up'e Schoot hebben. Mit de Bagen, de he se gifft, schoe'n se de Pielen wied weg schöten, un 'nem de Piel dalgeiht, dar schoe'n se se's Fruu söken.

De Öllste spannt sin Bagen, un afste' flüggt de Piel. Eerst achter't Holt fallt 'n dal, up'e Balkon vun en Huus vun Marmelsteen. Dar steiht en Deern mit gelkruse Haar un spinnt Flass mit ehr witte Hänne. De Deern is de Dochter vun en Ridder, de hören en ganze Reeg Sloet to. De Ridder nimmt em as Swiegersoehn an. Do freut de ole König sig düchtig, dat sin Soehn en Fruu funnen hett.

De Tweete spannt sin Bagen, un afste' flüggt de Piel. Eerst achter de Bek fallt 'n dal, in'e Schatten vun en grote Linn. Dar sitt en Deern mit swartkruse Haar un sammelt Honnig in Pütte. De Deern is de Buer sin Dochter. Twee grote Hüser hett de Buer, een vun Dannenholt un een vun Steen. De Buer nimmt em as Swiegersoehn an. Do freut de ole König sik bannig bi sin tweete Soehn sin Hochtied.

De Jüngste geiht noch ümmer mit sin feine Bagen. As he nu an'e Tour is – afste' flüggt de Piel un fallt denn dal in'e muddige Diek. De Jung fahrt mit'e

---

[1] Frosch

Boot hen, söcht de Piel un finnt blangen 'n – en grimmige[1] Hoppetuuts. Sin Vadder hett dat ja so hebben wullt, un do nimmt he de Hoppetuuts to sin Fruu. Man eegentlich is dat gar keen Hoppetuuts, dat is en verwünschte Königsdochter. He nimmt ehr mit na Huus, sett ehr up sin Bett un seggt to sin Lüüd, se schoe'n ehr deenen. Man de ole König is bannig trurig, dat sin Soehn nu mutt en Hoppetuuts heiraden.

Nu hett de ole Königin bald Geburtsdag. Do backen de Swiegerdöchter flietig Brood, un dat Brood is lecker, groot un witt as Melk. Do ward de Jüngste blarrn, dat sin Fruu nich uck en Brood för sin Mudder backen kann. De Hoppetuuts süht em weenen un seggt to em, he schall man nich trurig we'n, se versteiht sik uck up Broodbacken. Foorts kamen dar soeven Deenstdeerns un backen vel mehr Brood as de beide anner Swiegerdöchter. Do freut de junge Prinz sik un schickt dat hen na sin Mudder as Geschenk vun sin Fruu. Un all wunnern se sik oever dat feine Brood.

De beide Swiegerschen warrn afgünstig un gahn bi un sticken Gördels as Geschenk för de ole Königin. Se sticken se mit Gold un Sülver, un all sünd se ganz weg, so fein is se de Arbeit glückt. De junge Prinz blarrt solte Tranen, dat sin Fruu nich uck sodennig sticken kann. De Hoppetuuts süht em weenen un seggt to em, he schall man nich trurig we'n, se will uck en smucke Gördel sticken, de schall he denn sin Mudder as Geschenk bringen.

---

[1] hässliche

150

Foorts kamen dar soeven Deenstdeerns un sticken en Gördel vun Gold un Sülver un Parlen un blinken Demanten. De junge Prinz bringt sin Mudder dat Geschenk, un all sünd se verbaast, dat en Hoppetuuts kann so'n smucke Gördel sticken.

Denn is dat sowiet, de ole Königin ehr Geburtsdag is dar. De beide Swiegerdöchter sitten fein upnüdelt blangen ehr. De junge Prinz is trurig, dat he nich uck bi dat Fest biwe'n kann. Do seggt de Hoppetuuts, se warrn uck hengahn. He schall man al vörutgahn, un wenn dat regent, denn schall he seggen, sin Fruu baad't; wenn dat blitzt, denn so schall he seggen, se putzt sik, un wenn dat dunnert, denn so schall he seggen, se kümmt al anfahrt.

Vull Freud geiht he hen un wünscht sin Mudder Glück un Segen. Se stellen de Dischen t'recht, dat Eten schall losgahn. Do fangt dat ganz liesen an un regent. De junge Prinz kickt ut't Finster un seggt luut, nu baad't sin leeve Fruu. All kieken se hen un denken, wat sabbelt de Doeskopp för'n dumme Tüüg! Dat blitzt an'e Heven, un he seggt, nu treckt sin leeve Fruu sik an. Dat dunnert, un dar juchheit he, nu kümmt sin Fruu anfahrt.

Nieschierig kieken se all na de Dör. Man dar kümmt keen Hoppetuuts rin, nee, dar kümmt en feine, wunnerbar smucke Fruu. De Prinz sin Vadder un Mudder sünd rein ut'e Tüüt, un he sülven uck. Gau löppt he na Huus, keeneen weet, warum. Bi Disch geiht dat lustig to. De junge Prinzessin is so smuck, se strahlt man so, un de beide Swiegerschen warrn gel vör Afgunst.

Do kümmt de junge Prinz t'rüggjachtert un röppt sin Fruu to, he hett de grimmige Hoppetuutsenhuut, de verdeckt hett, wo smuck as se is, de hett he to Huus funnen un upbrennt. In desülve Momang is de junge Fruu heel un deel vun Flammen umgeven. Adjüs, röppt se em to, dat harr nich mehr lang' wahrt, denn weer se erlöst we'n, dat se as Minsch mang Minschen harr leven kunnt. Nu is se för lange Tied wedder verwünscht. Denn verswinnt se as in Nebel, un keeneen hett ehr jichens wedder to sehn kregen.

För dree Schillings

Dar is mal en Suldaat we'n, de hett de König acht Jahr lang deent. Denn kriggt he Verlööv, he kann na Huus reisen. Dat is ja heel fein, man *so* fein denn doch wedder nich, denn as se mit em afreknen, do sünd dar blots dree Schillings dar för em. Dat is allens, wat he to kriegen hett, un de kriggt he, un denn reist he af. Man liekers is he fideel, he swunkt sin Stock, un he fleut't un singt, dat dat vun'e Bargen t'rüggschallt.

As he nu so vör sik hen geiht, do bemött he en ole Fruunsminsch, de geiht em an um en Schilling. He hett ja man dree Schillings, seggt he, man um he nu dree hett oder twee, dat löppt ja meist up datsülve rut. Un do gifft he ehr een vun sin Schillings. He is noch nich wied kamen, do kümmt em wedder en ole Fruunsminsch in'e Mööt – dat is desülve, man dat markt he nich – un bütt em de Dagstied un wünscht em Gotts Freden. As he ehr dankt hett, do seggt se, he schall doch man in Gotts Naam en arme Fruu en lütte Schilling geven. Twee Schillings hett he ja man, seggt he, man um he nu twee hett oder een, dat is ja temlich eendoont. Un do gifft he ehr de tweete Schilling, se bedankt sik, un he geiht wieder. He is eerst en lütte Stück wiedergahn, do bemött he wedder en ole Fruunsminsch, man dat dat desülve we'n kunn, de al sin twee Schillings kregen hett, dat fallt em gar nich in. Se bütt em de Dagstied un wünscht em Gotts Freden, un he dankt ehr. Denn fraagt se em, um he nich hett en Schilling oever för en arme ole Fruu. Jo, seggt he, een Schilling hett he jüst noch, un um he nu een hett oder keen, darför is he jüst so riek. Do kriggt de Oolsch sin letzte Schilling, un se dankt em un wackelt afste'.

De Suldaat geiht nu wieder. Sin Tasch is licht, man sin Sinn is jüst so licht. He hett nu nix as de ole Plünnen up't Liev un de ole Tornüster up sin Puckel. De is uck licht nugg, dar is nix in as en flickte Hemd un en Paar stoppte Strümp. He strickt sik de Baart un kriggt sik en lütte Priem Kautobak, denn swunkt he sin Stock, un he fleutet un singt, dat dat vun'e Bargen t'rüggschallt.

Denn kümmt he in en Holt. Un wokeen schull he dar bemöten as desülve Oolsch, de he all sin Schillings geven hett. Se sitt dar blangen de Weg, bütt em de Dagstied un fraagt em, um he Tied hett un snacken mit en ole Fruu. Ja, seggt he, wenn ehr dat Spaaß maken deit, he hett dar nix bi to versümen. Man oever wat se denn woll mit em to spreken hett, fraagt he. Um he nich Lust hett un doon dree Wünsche, fraagt se. Ja, seggt he, dat kunn em woll passen. Denn schall he man wünschen, segt de Oolsch. De Suldaat besinnt sik nich lang, he is foorts praat. Toeerst wünscht he sik Gott sin Gnaad un Fründschop. Denn wünscht he, sin Tornüster schall nie nich upslieten. Un sin drütte Wunsch is, allens, wat he sik in sin Tornüster rinwünschen deit, dat mutt dar rin, un allens, wat dar in is, mutt dar in blieven, bet he dat wedder rutwünschen deit. Dat schall so kamen, as he dat wünschen deit, seggt de Oolsch, seggt em adjüs un wünscht em Glück up'e Reis. Un de Suldaat geiht wieder. An sin Wünsche denkt he eerstmal gar nich, he meent, dat is ja doch man Ooldwieversnack.

Man as he so vörföötsch wiedergeiht, do kümmt em dat doch in'e Sinn, wo fein dat doch we'n weer, wenn dat mit de Wünsche eernst we'n weer. He is nu rutkamen up'e Heid, 'nem dat nix gifft as Sand un Heidkruut un Steen an Steen. Un as he nu so geiht un denkt an de dare Wünsche, do rennt he liek gegen en grote Steen. Oh, röppt he, wenn de doch in sin Tornüster liggen dä! Knapp hett he dat seggt, do liggt de Steen al in sin Tornüster, un he flüggt achteroever un kümmt up'e Kopp to stahn, denn de Steen is swarer, as dat he 'n drägen kunn, liekers he en starke Bengel is. De Suldaat is rein doesig in'e Kopp vun dat Kapeusterschöten[1], un dat duert en Stoot, bet he sin Gedanken up en Dutt kriegen un begriepen kann, wodennig he in de dare Laag kamen is. Man so draa as he sik dar up besinnen deit un de Steen wedder ut sin Tornüster rut wünscht, do liggt de up't Feld, un he kümmt wedder up'e Beens. Nu hett he denn ja markt, dat mit de Wünsche is keen Ooldwieversnack, un he nimmt sik vör, vun nu an will he sin Wünsche mit Verstand bruken.

Nu hett de Suldaat an de dare Dag en düchtige Marsch achter sik, un so bilütten kriggt he Hunger. He kümmt an en Eddelhoff, de liggt dar an'e Weg, un do denkt he, he mutt dar man ringahn un tosehn, um he en beten wat to eten kriegen kann. Un so geiht he in'e Koek, un dar bemött he de Koeksch, de is jüst bi un smeren Brood. Do fraagt he ehr um wat to eten. Man se seggt, dat Eten ward dar in't Huus so knapp tometen, dar is nie nich en Mundvull oever, wenn elkeen sin hebben schall. Darum kann se em nix geven, seggt se, so geern se dat uck wull. Man de Herr is in sin Kuntor blangenan, seggt se, kann ja vellicht angahn, dat de em en beten Eten günnen is oder em wat Tehrgeld gifft. Wenn de Suldaat dat will, seggt se, denn so will se em noch henbringen.

---

[1] Kapeuster: enstellt aus Koppheister

Dat nimmt he mit Dank an, un so kümmt he an'e Herr sin Dör un kloppt dar an.

De Herr sitt jüst dar binnen un tellt sin Geld. Vör em up'e Disch steiht en Toonkruuk, de is vull mit idel Goldgeld, un up'e Del blangen em steiht en Kist, mit Iesen beslaan, de is vull mit blanke Sülvergeld. De Suldaat kloppt nu ja an'e Dör, un de Herr, de meent, dat is en Buer un will sin Pachtgeld betahlen, un so röppt he vergnöögt: „Kumm in!" Man as he hört, dat is een, de wat hebben will vun em, do ward he splitterndull, un he bölkt de Suldaat an: "Seh to un huul af!" Dat lett de sik nich tweemal seggen, he dreiht foorts um up'e Hack un geiht wedder rut up'e Landstraat. Nu is he ja Hals oever Kopp rutrönnt bi de Herr, man he hett doch sin Ogen bi sik hatt, un so hett he de Toonkruuk mit dat Goldgeld jüst so sehn as de Kist mit dat blanke Sülvergeld.

He is en ganze Stück vun'e Hoff weg, do seggt he bi sik, dar hett de dare Keerl sik sülven anscheten, he harr em man wat geven schullt vun all sin Geld. Un he wünscht sik all dat Goldgeld ut'e Toonkruuk in sin Tornüster. Schwapp! maakt dat, un dar is dat al. Och, denkt he, dat weer ja uck nich verkehrt un hebben wat vun dat Sülvergeld, man he will sik doch nich mehr wünschen, as wat he drägen kann. Un do wünscht he sik so vel, as dar noch ringeiht, vun de Herr sin Spetschendalers. Schwapp! maakt dat wedder, un do sünd de uck in sin Tornüster. „Tjä, du hest dat ja nich anners wullt, do ole Giezknüppel", seggt de Suldaat, un denn geiht he wieder bet he na en Stadt kümmt.

Dar geiht he rin in'e beste Kroog. Dat is jüst um'e Middagstied, un do sett he sik foorts an'e Disch, un he hett so'n Barenhunger, he langt deep rin in'e Schötteln. Nu sitten dar en paar feine Herren mit an'e Disch, un de kieken verstahlen na de simple Keerl, un se smuustergrienen un fluustern mit'nanner, as se sehn, wodennig he rinhau'n deit. As se denn upstahn un elkeen betahlt för sik, do deit de Suldaat, as wenn he in de eene un denn in'e anner Tasch söken deit. Man dar is ja nix in, nix as en lütte Priem Kautobak. Eerst hebben de feinen Herrn ja al gnickert, man nu doon se dat eerst recht, un een vun se meent, de frömde Herr hett sachs dat Mallör hatt un vergeten sin Geld to Huus, man nich sin Aptit. Un as de Suldaat in sin Taschen keen Geld finnt un na sin ole Tornüster langt un bigeiht un wöhlen dar in, do lachen se luut los, un de Kröger maakt en bedenkliche Gesicht.

Man as de Suldaat denn en paar Goldstücken rutkriggt un up'e Disch smitt un seggt, he will keen Geld torügg hebben, do vergeiht se dat Lachen. Un de Kröger sett sin fründlichste Gesicht up, maakt Bücklings un Kratzfööt, bedankt sik velmals un fraagt, um de Herr em nich de Ehr geven will un drinken en Buddel Wien mit em. Dar seggt de Suldaat uck nich Nee to. Un as se de Buddel ut hebben, do seggt he to de Kröger, he schall em doch en Kamer anwiesen, 'nem he de Nacht slapen kann.

Do kümmt de Kröger rein in'e Kniep. All sin Kamern sünd beleggt, seggt he, bet up een, man dar kann keen Minsch in hachten. All, de versöcht hebben un slapen dar in, sünd in'e eerste Nacht mitmal dootbleven. So is dat to sin Vör-Vörgänger sin Tied een Gast gahn, bi sin Vörgänger uck, un to sin eegne Tied hett dat uck een Gast mallört, un nu is de Kamer heel un deel afslaten. Dat is jüst dat Richtige för em, seggt de Suldaat, he schall de Kamer man bet avends torechtmaken laten, un denn schall he dar en Disch decken mit en feine Avendbrood, un he schall dar veer Lichten un veer Buddeln gude Wien rinstellen mit veer Spill Kaarten, un denn schall he em de Sloetel to de Kamer geven. De Kröger seggt, wenn de Herr dat so hebben will, denn so will he dat uck doon, un bet to Slapenstied schall allens klaar we'n.

Avends geiht de Suldaat denn in sin Slaapkamer. Dar kippt he eerstmal all dat Gold- un Sülvergeld rut ut sin Tornüster, un denn stickt he all de Lichten an un stellt se up'e Disch, 'nem en feine Avendbrood un de veer Buddeln Wien stahn, un dar liggen uck de veer Spill Kaarten. Un denn sett he sik dal un luert af, wat dar woll kamen mag. Dat duert nich lang', do hört he dat pultern in'e Aben, un denn kümmt dar en grote swatte Kluten rutkullert up'e Del, un de küselt um sik sülven und ward to en lange, swatte Düvel mit Hoorns un Steert, mit Krallen un gresige Hauers. De süht nich jüst smuck ut, man de Suldaat lett sik dat nich ankamen, he seggt heel höflich, he schall doch so guut we'n un sik dalsetten un sik dat smecken laten.

Knapp hett he dat seggt, do pultert dat wedder, un denn nochmal, un elkeen Mal kümmt dar jüst so'n swatte Kluten ut'e Aben kullert un wickelt sik af to en grote, lange Düvel, un een süht noch gresiger ut as de anner. De Suldaat heet se all dree lieker fründlich willkamen un seggt, se schoe'n sik man dalsetten un tolangen. Do setten se sik denn to Disch un eten un drinken, un as se reine Disch maakt hebben, kriegen se de Kaarten her un kamen bi un spelen, elkeen mit sin Spill. Man se gahn uck de Suldaat neeger un neeger to Liev un gahn bi un kniepen em.

Nu is dat woll an'e Tied un warrn se los, denkt de Suldaat, ehrer se em to Liev gahn. Un denn wünscht he se all dree in sin Tornüster, de dar up'e Del liggt. Schwapp! maakt dat, un do sünd se binnen, un wat se uck kribbeln un krabbeln, se moeten dar in blieven. So, seggt de Suldaat, nu kann 'n doch mit se snacken, nu moeten se blieven, 'nem se sünd, bet he se rutlett. Un nu schoe'n se em foorts seggen warum se in de dare Kamer rumspökeln. Do seggen se, ünner de Aben, dar steiht en Ketel vull Geld, darum kamen se dar hen. Anners nix? seggt de Suldaat, de schall man för't eerste dar stahn blieven. Un denn wünscht he se gude Nacht un gude Slaap, treckt sik ut un geiht to Bett un slöppt fein bet an de helle Morrn.

Fröh an'e neegste Morrn kümmt de Kröger rup na de Kamer un kickt dör't Sloetellock. He süht, de Suldaat liggt in't Bett, man um he nu doot is oder lebennig, dat weet he nich. Een schull ja meenen, em hett dat nich beter gahn as de annern, de in de dare Kamer slapen hebben, un so geiht he bi un kloppt un röppt. Do ward de Suldaat waak, un dat eerste, wat he deit, he seggt, de Kröger schall to'n Düvel gahn. He hett för de Kamer betahlt, seggt he, un he will sin Nacht- un Morrnruh hebben un nich stört warrn. Dat is ja nich jüst en feine Snack, man de Kröger is doch froh, dat de Keerl noch an't Leven is un dat Spöök em nix daan hett. He is ja bannig nieschierig un hören, wodennig dat gahn hett, man he mutt afluern, bet de Suldaat laat an'e Vörmiddag toletzt utslapen hett un sik antreckt.

Man he kriggt nix anners to hören as, he hett en feine Nacht hatt un will nu en gude Fröhstück hebben. As he dat to Lievs hett, fraagt de Suldaat de

Kröger, um dat in'e Stadt wecke düchtig starke Keerls gifft. Ja, meent de Kröger. Denn schall he em en Paar vun de allerstärksten herschaffen, seggt de Suldaat. Wenn he so driest we'n dörv, seggt de Kröger, denn so will he doch geern fragen, wat de Keerls denn schoe'n. De Suldaat seggt, he will sin Tornüster na en Smidt hendrägen laten, de schall mal arig utkloppt warrn, dar hett sik so vel Schiet un Stoff vun'e Landstraat in ansammelt. Dar bruukt he twee vun de allerstärkste Keerls to, de 'n in'e Stadt updrieven kann, sin Tornüster is nich so licht un drägen.

En Tornüster na de Smä' för un kloppen 'n ut, denkt de Kröger, un twee starke Keerls för un drägen en Tornüster! Un he fraagt sik, um de Duuntje vun dat, wat de Suldaat güstern drunken hett, nu eerst kümmt. So wat hett he noch nie nich belevt. Man wat mutt, dat mutt. Un he seggt de Suldaat to, he will foorts de allerstärkste Keerls ut de heele Stadt herkriegen för un drägen de Tornister na de Smä'. Dat deit he uck un kümmt nich lang' darna mit twee stämmige Bengels wedder. De Suldaat fraagt, um se woe'n de Tornüster na de Smä hendrägen, he will se dar en Viddeldaler för geven. Dar sünd de Bengels heel tofreden mit, se meenen, lichter koenen se nie nich en Viddeldaler verdeenen. Man dat duert nich länger as so, un se marken, dat Geld is suer verdeent. De Tornüster is so swaar, bi elkeen Tritt gahn se in'e Kneen. Man toletzt kriegen se dat doch klaar un slepen dat Dings na de Smä'.

De Kröger geiht mit un snackt as eerste mit de Smidt, he seggt, dar is en Herr, de will sin Tornüster utkloppt hebben. Un denn flustert he de Smidt in't Ohr, de Mann hett güstern düchtig een nahmen, man duun is he eerst vundaag, as't schient. He is en gude Kunn, seggt he, de mutt 'n sin tumpige Infälle nageven. Smälüüd sünd för gewöhnlich lustige Lüüd, un dat is düsse Smidt uck. He nickt denn mit en plietsche Grientje, kleit sik achter't Ohr un denkt, dat gifft en Spaaß för sin Gesellen, so'n Arbeit hebben se noch nie nich hatt.

Nu nimmt de Suldaat dat Woort un fraagt de Smidt, wat he dar för hebben will un kloppen em sin Tornüster düchtig ut. Och, seggt de Smidt, en paar Mark sünd sachs nich to vel. De Suldaat seggt, he will mit Vergnögen en heele Spetschendaler geven, man denn mutt de Arbeit uck gründlich maakt warrn. Dat is ja liekto, seggt de Smidt, dar schall keen Krömel Stoff in'e Tornüster oeverblieven, man um dar anners wat oeverblifft, dar kann he nich för instahn. Dar schall he sik man nich um quälen, seggt de Suldaat.

So wöltern de beide starke Keerls denn de Tornüster up'e Ambolt, un de Smidt kriggt dree Gesellen mit grote Vörslaghamers bi un kloppen dar de Stoff vun af. So'n Tüünkraam is se ja noch nimmer nich vörkamen. Se trecken sik de Büxen hooch un spütten in de Füüst, un denn halen se ut un hamern los. Man bi de eerste Slag laten se för Schreck de Hamers fallen, denn dat gifft en Hulen un Jauern in de Smä', so wat hett noch keeneen hört.

De Suldaat seggt, se schoe'n man se's Arbeit passen, un do moeten se wedder bi. Slag up Slag geiht up'e Tornüster dal, de Gesellen leggen sik düchtig in't Tüüg, un de Sweet löppt se man ümmer pieplings oever se's swatte Gesichter. Se meenen ja, de Tornüster mutt bald upsleten we'n, man de süht ümmer noch ut as to Anfang. Ja, seggt de Suldaat, se schoe'n man düchtig tohaun, dar hett sik in vele Jahren Stoff ansammelt up'e Tornüster, de mutt nödig düchtig utkloppt warrn. Man so bilütten warrn de dree lustige Gesellen doch möö' up dat dare Spillewark un moeten de Hamers sacken laten, se koenen nich mehr.

Do kriggt de Meister dree anner Gesellen bi, de fangen dar wedder an, 'nem de annern uphört hebben. Dat Ledder is sachs verhext, man dar sünd Iesenbänner up'e Tornüster, un mit Iesen weeten se Bescheed, dat mutt sik sachs geven, wenn se dar bigahn. Do hamern se denn up los, all wat se koenen, man Iesen un Ledder sünd lieker taag, un so süht de Tornüster – as de Hamers se toletzt ut'e Hänne fallen – nich anners ut as to Anfang.

Nu meent de Suldaat uck, dat langt sachs, he betahlt de Smidt veer Daler un lett sin twee starke Keerls de Tornüster an en Bek drägen, de löppt dar dicht bi de Stadt. Dar maakt he de Tornüster up, un de is randvull mit wat, dat süht ut as swatte Pulver. Dat sünd de stackels Düvels, de sünd sodennig to Mehl kloppt wurrn. He kippt dat in'e Bek, un denn geiht he mit de Kröger na Huus. Nu vertellt de Suldaat em, he weet, wonem in sin Kroog en Ketel mit Geld steiht. Will de Kröger mit em Halvpart maken, denn so will he em vertellen, wonem de is. Dat will de Kröger geern doon. Do laten se de Aben dalrieten, un dar ünner steiht richtig en grote Bruuketel vull Goldstücken. Dar freut de Kröger sik so dull oever, he schenkt de Suldaat en feine Stück vun sin Land buten vör de Stadt. Dar hett de Suldaat sik denn en Huus buut un dar in wahnt un hett dat bannig guut hatt. Gott sin Gnaad un Fründschop is em ja seker we'n, un allens wat he sik wünscht hett, hett he hebben kunnt.

Un dat allens hett en Suldaat kregen för dree Schillings.